幻冬舎新書

榎本秋
戦国軍師入門

「戦争のプロ」のイメージが強い戦国軍師だが、その最大任務は教養・人脈・交渉力を駆使し「戦わずにして勝つ」ことだった！　一四の合戦と一六人の軍師の新解釈から描き出す、新しい戦国一〇〇年史。

榎本秋
歴代征夷大将軍総覧

元々は蝦夷を討伐する軍団の長に過ぎなかった征夷大将軍が、なぜ約七〇〇年間にもわたって、日本の統治者であり続けたのか。総勢四八人の将軍たちが歩んだ、強権と傀儡の中近世史。

下川耿史
エロティック日本史
古代から昭和まで、ふしだらな35話

国が生まれたのは神様の性交の結果で、奈良時代の女帝は秘具を詰まらせて崩御、日露戦争では官製エロ写真が配られた。――エッチでどこかユーモラス、性の逸話から読み解くニッポンの通史。

高森明勅
日本の10大天皇

そもそも天皇とは何か？　なぜ現代でも日本の象徴なのか？　125代の天皇の中から巨大で特異な10人を選び、人物像、歴史上の役割を解説。同時に天皇をめぐる様々な「謎」に答えた、いまだかつてない一冊。

幻冬舎新書

日本人はなぜ美しいのか
枡野俊明

日本の美とは、禅の美だ。「いびつな茶器」「石でできた庭」「一輪だけ挿した花」などを愛でるのは世界でも稀有。禅僧で庭園デザイナーの著者が、日本人は独自の美的感性を持っていると説く。

日本の七大思想家
小浜逸郎

丸山眞男／吉本隆明／時枝誠記／大森荘蔵／小林秀雄／和辻哲郎／福澤諭吉

第二次大戦敗戦をまたいで現われ、西洋近代とひとり格闘し、創造的思考に到達した七人の思想家。その足跡を検証し、日本発の文明的普遍性の可能性を探る。日本人の精神再建のための野心的論考。

『永遠の0《ゼロ》』と日本人
小川榮太郎

特攻とは、あの戦争とは、何だったのか?『永遠の0《ゼロ》』の小説・映画を丹念に読み解き、「戦後」という見せかけの平和の上に安穏と空疎な人生を重ねてきた日本人に覚醒を促す。スリリングな思索の書。

定年後の韓国ドラマ
藤脇邦夫

国内外のドラマ、映画を500本以上視聴した著者は「韓国ドラマ」に勝る映像作品はないと断言する。本書ではその魅力を「韓国ドラマベスト50」と共に余すことなく語り尽くす。

川村静児
重力波とは何か
アインシュタインが奏でる宇宙からのメロディー

一九一六年にアインシュタインが存在を予言。彼の数々の予言のうち、最後まで残った宿題「重力波」が、百年かかってついに観測された。重力波が観測できると、宇宙のどんな謎が解けるのか？　第一人者が解説。

文部省著　西田亮介編
民主主義
〈一九四八―五三〉中学・高校社会科教科書エッセンス復刻版

敗戦直後に中学・高校用教科書として刊行され、民主主義に最も真剣に向き合った時代の日本人の熱い志と高い理想を、やさしく、格調高く語りかける『民主主義』。この名著から特に重要な部分を厳選して復刊。

本多京子
塩分が日本人を滅ぼす

介護要らずの、幸せな長生きのためには「健康寿命」を延ばすこと。それには塩分を控えることが最重要。だが、味の濃い加工食品や調理済みの既製品を好む現代日本人は、「見えない塩」に侵されている！　意外に知らない、日本の食卓の危機。

おおたとしまさ
ルポ　塾歴社会
日本のエリート教育を牛耳る「鉄緑会」と「サピックス」の正体

名門中学の受験塾として圧倒的なシェアを誇る「サピックス」。そして、名門校の合格者だけが入塾を許される「鉄緑会」。この国の〝頭脳〟を育む両塾を徹底取材し、その光と闇を詳らかにする。

みやざきエッセイスト・クラブ
作品集24

フィナーレはこの花で

はじめに

みやざきエッセイスト・クラブ会長　福田　稔

エッセイを書くとき、最初に手をつけるのが題材探しだろう。いわゆるエッセイのネタ探しである。これについては、谷口二郎前会長が作品集16と18の「はじめに」で、メモを活用した執筆法をご披露されている。日々努力を積み重ねておられることを知り、私は敬服した。

実は、私も小さな手帳を使ったことがあるのだが、直ぐにどこにあるのか分からなくなり、全く続かなかった。どちらかというと、面倒くさがり屋なので、今ではかなり楽な方法を採っている。

そのやり方は実に簡単で、まずは心の中で、「いつか書きたいなあ」、「いつか書く時がくるかも」というような経験や考えたことを思い出しておく。そして、それが作品になる時を待つ。これだけである。

とは言っても、気が向いたときに若干の作業を済ませておくこともある。例えば、パソコンに向かって一行でもいいので、気楽に書いてみるのである。この段階では最後まで書き上げることはなく、経験や考えのキーワードを並べるだけである。

このようにして題材のアイデアと書きかけの原稿をいくつも貯めておく。また、パソコンの原稿フォルダと同じものを頭の中にも作っておいて、「その時」が来るまで放っておく。ただ、「放っておく」とは原稿に申し訳ないので、心の中では、この貯めておく過程を「熟成」と呼んでいる。

次に、熟成を手助けするために、時折、題材のアイデアや書きかけの原稿を少しいじってみる。私の性格上、パソコンを立ち上げるのは面倒なので、主に頭の中のフォルダを活用している。出張での移動中、昼休みに歩いてコンビニへ行くとき、なかなか眠れないときなどに思い出して、話をどう展開させたら良いか、私の気持ちが良く伝わる表現は何か、などあれこれ考える。

そうしているうちに、「その時がきた」と感じる瞬間が訪れるのである。

例えば、伝わりやすい話の組み立てや良い表現を思いついたとき、また、読書をしていて何かの表現に出合って閃いたときである。大切な人との別れを通して、「今、私にしか書けない」と心に抱いて書くこともある。

ただ、自分の気持ちが足りないと感じるときは、直ぐに執筆に取り掛からないこともある。そういうときは自分を焦らしに焦らして、書きたいという気持ちを最大限に膨らませて、それから執筆に取り掛かる。

もちろん、現実には締め切りというものがある。「その時が来る→（自分を焦らす→）原稿執筆を開始→締め切り日までに提出」というのが理想的である。が、実際には、その時が来たり、自分を焦らすタイミングが合わずに、締め切りに間に合わないことも（多々）ある。

実は、学術論文もこれと同じような書き方をしているので、私のパソコンと頭の中にはそれぞれ二種類のフォルダを備えている。

こういう悠長な書き方をしているものだから、結果的に寡作になってしまう。ただ、面倒臭がり屋の私には最適の書き方だと感じている。

エッセイの書き方は作者の自由であるが、そうなると、二十四名の作者がいれば二十四通りの執筆法があっても不思議ではない。この作品集に収められたエッセイを読むとき、「作者はどういう過程を経て執筆に至ったのだろう」、「作者はどういう執筆のやり方をしているのだろう」と想像しながら読めば、それぞれの作品はエッセイの書き方を学ぶ教材となるだろう。

エッセイの読み方は読者の自由である。一つひとつの作品を違った観点で読みながらこの作品集を楽しんでいただければ幸いである。

カバー絵・扉絵

二宮勝憲（にのみや　かつのり）

一九四三年　宮崎県串間市に生まれる
一九六八年より二〇〇四年まで宮崎県立高等学校美術教諭
二〇〇九年　宮崎県文化賞受賞
現在　宮崎県美術協会会長・日展会友

作品名

カバー絵「野あざみ」
扉絵「ばら」

目次

フィナーレはこの花で

みやざきエッセイスト・クラブ 作品集24

伊野啓三郎

くちなしの白い花

くちなしの白い花

今年の梅雨は空梅雨かと、思わせられるような気配の毎日、そのような中、六月末から七月初旬にかけて梅雨前線の停滞で、一転して県内は豪雨の連続、真夏の水不足への懸念が一掃された感じ。

毎年降り続く雨のこの季節、心をゆさぶられるのは、庭の中央にどっかと構える「くちなしの樹」。縦横高さ、それぞれ一・五メートル程の円形状に生長した樹には、毎朝、次々と新しい花芽が大きくふくらんで、清楚な姿を見せてくれる。本格的な梅雨の雨を全身に受けて、グリーンの筒状をした花芽は、開花と同時に脱皮したかのように純白の姿に変身して、香りを振りまき、誇らしげに美しく咲き続けている。

大文豪マルセル・プルーストにも深く愛されたという「くちなしの花」。その香りは初夏の風に乗って雨の中、地を這うように伝えてくれる。

平成から令和への改元、五月一日、新天皇が即位され、我が国の歴史は新しい一歩を力強く進み始めた。

三十一年前の一月七日、昭和天皇崩御の悲しみの中から始まった平成の時代。

振り返ると、近代日本の歴史の中で、唯一戦争の無かった平成の時代であったのは、国民にとってこの上ない幸せなことであった。

にこやかな笑顔でお手を振られ、最後まで国民への象徴としてのつとめを尽くされた上皇、上皇后両陛下へ国民の一人として心から感謝の誠を捧げたい。

昭和、平成、令和へと、思えば九十有余年、純白のくちなしの花のふくよかな香りの漂う中、過去からそして、これから先、幾許かの未来への希望に浸ってみたい。

昭和四年二月二十四日、旧朝鮮仁川府で生まれ、終戦後の昭和二十一年二月十日、祖国日本に引き揚げるまでの十七年間、「日本を知らない日本人」として、小学校を終え、中学四年まで過ごし成長した。

当時、朝鮮総督府統治による徹底した植民地教育、皇民思想の許、希望に燃えて日本内地から赴任してきた若い先生方の指導の許で大らかに勉学にいそしんだものだった。

仁川中学では、毎朝全校生徒が校庭に集合整列して、「東方遙拝」によって始まり、続いて「皇国臣民の誓い」を唱和し、朝礼は皇室に対する尊崇の念を身近に感じ、日本国民の一員として帰属意識の高揚を高める教育の根本であったかのように思っている。

そのような中で二年生に進級した四月、歴史の時間に始まった歴代天皇の暗唱が思い出される。

歴代天皇の順位お名前を、記憶をたどって列記すると、
①神武《じんむ》 ②綏靖《すいぜい》 ③安寧《あんねい》 ④懿徳《いとく》 ⑤孝昭《こうしょう》 ⑥孝安《こうあん》 ⑦孝霊《こうれい》 ⑧孝元《こうげん》 ⑨開化《かいか》 ⑩崇神《すじん》
⑪垂仁《すいにん》 ⑫景行《けいこう》 ⑬成務《せいむ》 ⑭仲哀《ちゅうあい》 ⑮応神《おうじん》 ⑯仁徳《にんとく》……
一二四代今上天皇（当時）までの暗唱は過酷なものだった。明けても暮れても憑かれたかのように一生懸命に覚えたものの、一六代仁徳天皇までがやっとのことだった。優秀な同級生の一人に五〇代桓武天皇まで暗記している者がいて、皆唖然とさせられたものだ。

植民地、朝鮮の地方都市から、遠い祖国日本の神代を連想し、歴代天皇の名を暗唱する……。坊主頭で国民服姿の歴史の先生、杉山先生の歴史観は今も心に染み込んで、思想の根

幹となって生き続けている。

祝祭日の国旗掲揚、国旗の許に日本人として生きる喜び、九十年の歩みを続けてこられたのは、あの頃の教えによるものと思っている。

あれから幾拾星霜、振り返ると、何時の間にか戦後の引き揚げから宮崎市への移住、地縁、血縁何一つない中から苦労を共にしてきた両親、姉、兄、弟、総勢八人は他界し、最愛の妻にも先立たれ、独りぼっちの暮らし。毎朝仏壇に、お茶、お水、ごはんを供えて読経を繰り返し、心静かな朝のひとときを過ごしている。

家族と共に、何人かの苦労の中から知遇を得て励ましてくださった亡き方々への祈りも、同時に大切な日課として続いている。

思い起こすとそれらの方々は、仕事のご縁で人間形成に大きく手をかしていただいたものだ。

あの人も、この人も数えると五指近くにもなる。いずれも個性と才気、友情溢れる方ばかりだった。

そんな中で最もユニークだった恩人のひとり、同年生まれの、西諸県郡地方にある会社の社長さん。同年齢で、それぞれ女の子の親。偶然にも双方前後して東京農業大学へ進学。こちらは栄養学部卒の管理栄養士、一方社長さんの子女は、醸造学科卒の日本唯一の女性杜氏。

そんなことも、ご縁で何となく近しくさせていただいた大切なスポンサーさんだった。

或る年の年末、お正月の特別番組のセールスに伺った時のこと。テレビ広告予算の厳しい状況の中、何とか商談がまとまって出稿が決まり一段落したところで、社長が、「専務さん、すき焼きはお好きですか」、と突然聞かれたので「大好きですよ！　冬場は特に、月二、三回は食べますよ……」と咄嗟に答えると「あ、そうですか、それではちょっと待っててください」と言い、机の下から長靴を取り出して履きかえると、工場の方へ出掛けられた。

以前、何かの話の中で、「えびの牛」の農家委託飼育のお話などもお聴きしていたので、てっきり、太っ腹で裕福な社長のことだから、きっと何時でもたっぷり好きなほど、おいしい肉が食べられるよう自宅に「えびの牛」の冷凍保存がなされており、その保存中の肉を取り出して、おみやげにくださるのでは……と、想像をたくましくしていた。およそ十五分も経ったかと思った時、「お待たせいたしました！」の声で社長が戻ってきた。

社長の手には、片手にシャベル、片手には二十キロ入りの米袋。

「専務さん、すき焼きにはこれが最高ですよ！　たくさん食べてください！」

手渡された米袋には、長い「白ネギ」がいっぱい。たった今まで、サシの入ったえびの牛の真っ赤な肉を想像していた自分が、おかしくて、おかしくて、思わず吹き出しそうなのをぐっとこらえながら、意地きたない自分の勝手な想像が恥ずかしいやら、おかしいやら。

でも、すき焼きはお好きですかと尋ねられたら、誰でも真っ先に白ネギを想像する人はいないだろう。サシの入ったえびの牛が先ず目の前にちらつくのが十人中十人の心境であろう。考えてみると肉と白ネギは、どちらが欠けてもすき焼きにはならない大事な具材。

仕事柄、六感が先に働く自分のウカツさ、何という浅ましさかと、帰りの車中で大笑い。それにしても、あの時、長靴に履き替えて出かけた姿に、気がつかない愚かさに、またも大笑い。

広告会社の役員として、特に親しく接していただいている広告主に対しては、担当社員を同伴して、最低一か月に一度は必ずお伺いしてご意見をお聴きしては、その都度的確にご要望にお応えすることが大切な仕事。

そして訪問の都度、自前で、ささやかな手みやげを準備して持参し、喜ばれたものである。昔から「気は心」と言われたものだが、社長も、そんな日頃の心遣いに応えてくださったのが、「すき焼きと白ネギ」の相関関係が咄嗟に脳裏にひらめいたことではないかと思う。

最初から「白ネギはお好きですか」と言われたら、一瞬とまどいを感じながらも誰もが野菜そのものだけを連想して「ええ好きですよ！」と半ば迎合した答えしか出ないと思うが、いきなり「すき焼きはお好きですか？」という言葉の蔭に「白ネギ」があることまで飛躍してはなかなか考えは及びもつかないこと。

ウイットに富んだ社長の経営理念が受け継がれ、亡き後も、今日の隆盛に及んでいるものと、以来「すき焼き」と「白ネギ」の逸話は、大切に心に仕舞われている。

ひたむきにクリエイティブの世界をひた走り続けた昭和、平成の時代は、多くの理解ある方々に援けられ、生きてきた幸せな人生だった。

広告代理店業務の傍ら、毎週日曜日、夜九時から一時間の宮崎放送ラジオでの生放送は、本業の疲れを払拭させて、活力源となり、多くのリスナーの方々に洋楽の楽しさをお伝えできたことに、大きな満足感を覚えている。

一九八四年十月、宮崎放送本社ビル落成と同時にスタートして以来三十五年、本年二月九十歳の誕生日を機に、番組を終了し幕を閉じた。健康状態は良好であるだけに未練はあったが、引き際の大切さを改めて知ったことだ。

番組開始当初から深く関わって常に気遣いを頂いた春山会長の指示で、「アンクルマイク放送三十五年、サンクスパーティー」のタイトルで、四月二十七日、盛大に感謝パーティーが開催され、春山会長、津隈社長より懇ろな慰労のご挨拶を頂き、河野知事ご夫妻をはじめとした多くの列席者と共に祝福の時を過ごすことができたのは、終生忘れられない喜びであった。

ラジオを通じて、洋楽のプロバイダーを自負しての三十五年間、何事も一生懸命で尽くすと、どこかで、誰かが必ず見ていてくださるということに改めて思い知らされた感じ。感動のフィナーレであった。

残された未来は、誰の目から見ても限られている。百歳時代への挑戦は、口で言うほどたやすいものではない。徹底した自己管理の許にたって、元気で後輩から慕われる余生こそが、百歳時代への静かな挑戦ではないかと思う。

くちなしの花の香りのように、人知れず、地を這うように辺り一面に香りを伝えるような、百歳時代へ歩き続けたい。

岩田英男

黄昏色の迷宮

黄昏色の迷宮

絵画は美しき迷宮である。

世界的歴史的に有名な画家の展覧会が東京などであると、私の心はざわつく。これまでゴッホ、ルノワール、フェルメール、モディリアーニ、ゴーギャンなどの展覧会を観るために幾度か上京した。

ゴッホ展は、鑑賞者が波のように絶え間なく押し寄せるほど大盛況で、国立西洋美術館の中二階から、一階の壁に並べられた二つの《ひまわり》を観るのがやっとだった。フェルメール展は、朝早くホテルを出て東京都立美術館に駆けつけたにもかかわらず、入場するまでロビーで二時間近く待たされた。

ルノワール展は、新国立美術館で入場者の混乱を避けるために、美術館の外にテントが用意されていたが、チケットを求めようと並んだ前後の人が、一人は山形県の中学校の体育教師であり、もう一人は関西からの熟年の女性であったが、二人とも未明に起きて新幹線でみえたとのことだった。


フェルメールは、オランダがチューリップバブルで大儲けした十七世紀半ばの人であるが、日本での本格的な人気は近年になってからである。もちろん欧州でも人気が高く、作品は世界に三十数点しか存在しないのも、人気に拍車をかけているようだ。中でも最高傑作といわれる《絵画芸術》は、かつて画学生であったヒトラーが大戦中に密かに手に入れ、身近で愛でていたと伝えられる。

フェルメール・ブルーと呼称される、当時高価で金にも匹敵したという、非常に貴重な鉱石「ラピスラズリ」をふんだんに使っていて、碧空を思わせる濃い青は華やかさと同時に引締め効果を醸しているようにみえる。

西洋の美人画というと、ダ＝ヴィンチの《モナリザ》やコローの《真珠の女》、またはロシアのモナリザともいわれるクラムスコイの《忘れえぬ人》などを想い浮かべる方も多いだろうが、フェルメールの《真珠の耳飾りの女》が、振り向きざまのやや驚いたような表情や清廉さも含めて、より現代的な美しさや可憐さを湛えていると思えるようになった。

ゴッホ、ルノワール、モネに代表される印象派の画家たちが、日本の浮世絵の大胆な構図と色鮮やかさを模範としたことは広く知られている。

ゴッホは安藤広重の《梅林図》を油絵で周りの漢字まで模写したし、支援者でもあった画材店主《タンギーおじさん》の背景には浮世絵が数点描かれている。

モネに至っては、太鼓橋を配した日本様式の庭園をわざわざつくり、四季折々の移ろいと日々の変容を、《睡蓮》の連作に描いた。

ヨーロッパの画壇をジャポニスムが席巻するころ、浮世絵は日本国内ではありふれた今でいうグラビアみたいなものであったから、有田焼などの高価な白磁が船旅で壊れないようクッション材として用いられたと仄聞する。西洋人は器として透明感のある白磁の秀麗さもさることながら、乱雑に敷き詰めてある和紙に描かれた浮世絵の世界の多彩さに、目を見張ったに違いない。

ルノアール展では、最高傑作とされる《ムーラン＝ド＝ギャレット》が本邦初公開で話題だった。彼の描く女性像は肉感的で肌が透けるように白い。可能な限り近づいて原画を観察すると、白い絵の具はもちろんのこと、青、緑、赤など多くの色が丹念に施されており、血色のよい肌に静脈を透けて見せることで、肌の白さや透明感をいっそう感じさせる技法を駆使しているのではないかと、ふと思われた。過去に女性のこめかみ・腕・胸元に青く浮き出る静脈に、えもいわれぬ艶めかしさを覚えた経験があったからである。

晩年はリウマチに苦しみ、指が自由に動かなくなっても、布で絵筆を手に固定して描き続けた。その様子がモノクロームだが動画で残っており、創作への神がかった執念に驚嘆したものだった。

モディリアーニ展では、瞳を描かない手法やディフォルメされた女体の、アンバランスな美しさに打ちのめされた。また、薄幸な彼の人生が絵にだぶって、感傷にふけった。

ゴーギャン展では、本邦初公開の大作《我々はどこから来たのか　我々は何者か　我々はどこへ行くのか》が展示されているとあって、期待はいやがおうにも膨らんだ。岡山県倉敷市にある大原美術館で、《かぐわしき大地》を観て以来、ゴーギャンの絵と人生の、虜になっていたからである。

ゴッホより五歳年上で日曜画家であったゴーギャンは、絵に専念するまで、船乗りを経験したあとは、証券取引所の優秀な社員だった。収入も安定して多くの子宝に恵まれた妻は、そのような彼を愛した。絵で生活ができると自信を得ての決断だったが、絵は思うように売れず、子供たちに必要な衣食住にも事欠き、生活は困窮していくばかりだった。

自分の画家としての魂を鼓舞するため、南仏のアルルのゴッホの招待を受け同居するが、ゴーギャンの絵にくちばしをはさみ、果ては自ら耳を切り落としてしまうという事件を起こし、わずか二か月で二人の生活は破綻する。その後、ゴッホは拳銃で自らの命を絶つまで憑かれたように描き続けるが、ゴーギャンとの同居が創作の起爆剤になったとする評伝は多い。

一方、ゴーギャンは以前から憧憬しつづけてきた南太平洋の島に、家族や友人の反対を押し切って向かう。その先はタヒチ島だった。文明から隔絶された環境で、ゴーギャンは人間の原点を島の自然や先住民に見る。原初の景観と色彩は彼の感性を刺激するのに十分だったが、故国フランスに送った絵はかいもく売れず、生活はまもなく困窮した。

心身ともに疲弊したゴーギャンを救ってくれたのは、先住民の若い娘との出会いと同棲生活だった。伸びやかな原初の心と身体を持つ彼女は、インスピレーションを与えてくれる天使だった。しかし子どもが生まれ、衣食住に事欠くようになった現実的な同棲生活がやがて破綻すると、母子は去っていった。

ゴーギャンはタヒチ島で、この世の天国と地獄を味わった。芸術の神は、美を追求する者に、凡人には量りようもない愉楽や歓喜とともに、貧困・病気・別離などの煉獄の苦しみを与えたまうのだろうか？

ゴーギャンに惹かれるのは、画布の多くの部分に秋の黄昏色にも似た濃淡のある褐色を多用しており、そこに人類的な郷愁《ノスタルジー》ともいうべき原初の色彩を、私は嗅ぎとるからだ。アメリカのグランドキャニオンやオーストラリアのウルル（エアーズロック）も同色だ。

それを際立たせるのが、太陽が沈んだあとのマジックアワーとも称される、墨で描いたような淡い藍色である。タヒチ島での画業は、この二つの色彩が際立つ。

本邦初公開の大作、《我々はどこから来たのか　我々は何者か　我々はどこへ行くのか》は、彼に残されていた渾身の力を振り絞って描かれた遺書のように思えた。人間の一生を天空から俯瞰し、一枚の画布に凝縮した作品で、誕生から成長し壮年期を迎え、そして老い病に倒れ、やがては死にゆく存在として描かれた物語のようにもみえた。襖を横に五、六枚並べたくらいの大作で、ポリネシアの月の神ヒナの偶像が描かれている。私は信仰心のかけらもない無宗教の凡夫であるが、宗教性を彷彿させるに十分な作品だった。もちろん美術評論家でもないので、詳しく正しい解説は、その分野の専門家にまかせるが、この作品に強い宗教性を感じてしまうのはなぜだろう?

二十一世紀はＡＩ化とグローバル化の時代といわれる。しかし私はＡＩが超絶技法を駆使し、世にも美しい絵画を描いたとしても、一瞥はするとしても感銘を受けることはないだろう。なぜなら名だたる画家や名画から帰納された技量がいくら高いものであるとしても、そこには画家が経験したであろう、生きること描くことの豊饒な愉悦や、貧困・病気・愛憎など、煉獄の果ての強烈な個性も人格のかけらも感じないだろうからだ。

しかし私たちは新しい元号の時代において、ＡＩ化とグローバル化がいっそう進展する世界と否応なく向き合わねばならないだろう。その時、改めて人間とは何か、生きるとはどういうことなのか、人類はどこへ行こうとしているのかが、哲学的宗教的に問い直されるに違いない。

『白鳥の湖』で有名なロシアの天才作曲家チャイコフスキーは、公私ともに人生のどん底にあった時期、南欧への旅路でラファエロの《キリストの変容》に邂逅し、絵画の前で時を忘れて立ち尽くしたという。

「一枚の絵を観るのに一日かかる。絵というものは長くじっくり観ることが、いかに大切かわかった」と書き綴っている。絵画をみつめることで心の洗濯をし、自分をみつめ直してどん底から立ち直り、やがて、この旅路が名曲『イタリア奇想曲』に結実する。

私は時折、天才画家ゴーギャンが、南海の島で経験した愉楽と煉獄の果てに、未来へ託そうとした啓示に思いを馳せる。《我々はどこから来たのか　我々は何者か　我々はどこへ行くのか》、彼の画業の集大成ともいえるこの大作を前に、立ち尽くし、途方に暮れる。

それは今もなお、謎の解けない黄昏色の迷宮であり、現代への黙示録のようでもある。そして「お前はなぜ人間として生まれたのか　そもそも人間とは何か　お前たち人類は一体どこへ向かおうとしているのか」という問いを発し、迫ってくるのである。

興梠マリア

バナナ

七十歳の誕生日を病床で迎えた。膝蓋骨骨折。見事に右脚の膝のお皿がまっ二つに割れていると、運び込まれた医院で告げられた。絶対安静で一か月の入院。脚はニーブレスという固定具で動かないように処置された。病室のベッドで寝がえりさえもできない痛みの中で部屋の天井を見あげている。

宮崎に暮らしてこの秋で半世紀になる。「満身創痍」という漢字が頭を巡る。手元にある電子機器を持ち、打ってみる。「まんしんそうい」手は動くのだ。「からだじゅうが傷だらけの様子」「満身はからだじゅうの意。『創』『痍』はともに傷のこと」とある。全く、頭から足の先まで「からだじゅうが傷だらけ」の今までの我が身である。

長女出産は難産で、帝王切開となった。付き添いにと、祖母が京都から駆けつけてくれた。飛行機に乗るのは初めてという明治生まれの祖母は、風呂敷包みを手に宮崎に来た。彼女は、出産歴十回、産婆さんなしでもちゃんと産んだという。口癖は、「誰でもちゃんと産めます」と、たやすいことのように、私の不安をものともせずに言い続けていた。

麻酔から覚めた私が見たのは、夫でも、愛娘でもない。手ぬぐいを顔に当て、呟きながら泣いているトキおばあちゃんだった。

「どないしょう、どないしょう、レモさんに、なんてゆうたらええんのやろ、清子に、どおゆうたらええのんやろ、わてがついていましたのに、……可愛い孫のからだを傷つけて、痛かったやろう……かんにんしてな……」

レモというのは私の父、清子というのは私の母で、ふたりが結婚してアメリカで生まれたという女の子を、いつの日か見てみたい、会いたいと仏様に頼んでいたという。

子、丑、寅、卯、辰、巳、午、未、申、酉、戌、亥。

英語を話すことが、日常になっていた母清子は、新年を迎えると日本語の干支を歌うように順番につぶやき、西暦の年の動物を確認していた。

「結婚してやっと平和な時が訪れたの。貴女が生まれた年は一九四九年で干支は丑。女の子だからCOW、むぅむぅって鳴くのよ」

「青天の霹靂」

昔、女学校で習った言葉をすぐに思い起こしたという、生まれ育った国と、嫁ぎ先の国との日米の戦争。多くを語らない母であったが、「せいてんのへきれき」と私に伝えた。私はその意味なんて、戦争など少しもわからないまま父と母の愛に包まれて幸せだった。

母の瞳の色と父の髪の毛の色を受け継ぐ、そんな私の写真を、故郷の両親に送ったという。一年経っても、二年待っても、返事がこなかった。親の許可ももらわずアメリカにきたのだから仕方がないと、そう思っていた、あきらめてもいたと母は私に語ってくれた。干支が一まわりもした頃、敗戦国となっていた故郷へ私を連れて初めての里帰りをした。祖父母は、親戚中に触れ回り、近所の人の誰彼とかまわず娘が帰ってきますんや、孫娘も連れてと再会を楽しみにしていたという。

私は背の高い父の腕に抱かれ、母の実家の仏間に案内されたと父が笑いながら思い出を語ってくれる。父と母はお互いの顔を見つめ合いながら、いつも、懐かしそうに、笑いをこらえながら二人で私に、何度も伝えてくれる。

「頭が痛いお家でした」と父。

「そうね、何回ぶつかったかしら……」

「百回、千回かもしれない。その度にマリアが抱きついてくるので、畳の床に降ろすと、君にぴったりのサイズのおうちでした」

「おぼえている？　私たちの結婚式の写真と、マリアの生まれた時の写真が仏壇の隣に飾られて置かれていたのを……」

「僕たち家族はもう死んでしまっているのかと思ってびっくりしたよ！」

その話を宮崎に来て、ひ孫の出産を待つ祖母に話すと、さびしそうに、そしてきまり悪そうに伏し目がちに小さな声でこう言った。

「あのなぁ、おばあちゃんはなぁ、尋常小学校しかでてへんのや。横文字の言葉が読めへんかったんどす。かけへんかったんや。そいで、返事もかけへんかったんや。ものしりのお人にたんねて、アメリカは、京都からどっちのほうにありますかぁって聞いたんえ。そしたら、東、って、指さはったんや。それからなあ、毎朝、陰膳こさえて、東の方に手合わせてましたんや。おじいちゃんは、あんたの写真を見てから、河原町のお店でお人形をこうてきはったんや。大きな、かいらしいお人形さんや。そのこに二人で名前をつけたんえ。マリアって名前なんて知らんへんかったからね。『うた子』ってつけたんえ」

「なんで、『うた子』なの？」

「あのなぁ、明治の天皇さんの、愛人さんの名前が歌子っていうのを聞いてなぁ、天皇さんが愛さはったお人は、きっと美人さんでかいらしい人やとおもうたんどす。そいで、『うた子』。『うたちゃん』、『うた子ちゃん』とゆうて、かわいがってたんえ」

この祖母、トキおばあちゃんとは、娘が、おばあちゃんにとってひ孫が生まれてからも、しばらくいっしょに暮らした。日本語や日本文化は、学校で習うよりよっぽど、祖母との暮らしの中で驚くほど身についた。有無を言わせぬものがあった。

宮崎に着くなり、祖母は夫に、京都はどっちのほうですかと聞き、飛行場のそばの新居だったので、夫は松林の向こうに広がる海の向こうを指差した。黙って頷いて両手を合わせ祈っていた。そしてやおら、風呂敷包みを開けて、布に包まれた小箱を取り出し、御不浄は？と尋ねた。あっけにとられている私を尻目に、夫は、玄関先を指差した。祖母の手にあったのは、小さかったけれど両開きの黒漆の厨子であった。その中には恐ろしい顔をして、おまけに脚まで上げている金の仏像が入っていた。御不浄とは「トイレ」のことで、明かり取りの小窓を拭き浄めるとそこにそれを置いた。

「『烏枢沙摩明王』、うすさま、というんえ。御不浄の神様。ここを綺麗にしてたら可愛らしい、べっぴんさんが生まれるんえ」

生まれる子が女の子だとはまだわからないのに祖母はそういって孫娘が生まれるまで磨き

つづけた。その甲斐あって「べっぴんさん」は生まれた。

私が手術後ということもあって、経験者のトキおばあちゃんはひ孫の子育てを一気に引き受け、育児書に書かれていることとは全く違うやり方でひ孫の世話をした。生まれる前に全て手縫いで縫い上げた襁褓。アイロンを当てたように皺一つない。洗濯機はあるのだけれど全て手洗いで洗い干し上げていた。夏という季節であったから、干せば、すぐ乾く。

京都とは違う日差しの強さにびっくりしていた。乾いた洗濯物を取り込むと、左右に伸ばしたたむ。あざやかに積み上げていく。

「『手のし』といいましてな、濡れて干す時からパンパンと叩いて干しとくとアイロンなんかいらしません」。言われた通りやってみるがうまくいった試しがなく私のはいつも皺々だった。授乳の時だけ私の元に連れてこられる娘はいつも上機嫌でニコニコして、泣き声はあまり聴かなかった。なんと驚いたことに、生後一か月にもならないのに、祖母に抱きかかえられて「うすさま」のいるトイレで、おしっこをしていたのだ。手をかけて育てられた娘は、大きくなっても「トキおばあちゃん」が大好きなおばあちゃん子になっていった。

いつも両親が留守というか、アメリカでの寄宿舎暮らしの私にとって京都のトキおばあちゃんは格別の人で、特に、いっしょに暮らせた半年余りの生活は忘れることのできないものになった。それからというと、孫である私を筆頭にひ孫を二人連れて京都に行くのが、夏休みや冬休みの私の楽しみになった。

京都という大都会が、一年に一度ほんの数十分暗闇になる時がある。盆の終わり、五山の送り火の時である。その暗闇の中、合掌した祖母が呟いたことが忘れられない。

「なんで、清子が、アメリカに飛んでいってしもたか、よう、考えるんえ。どこに向こうてもドンツキばっかりやしな……琵琶湖より大きい海を見たかったんやろな……戦争がはじまって、生きてるのか死んでるのかもわからんかった時はお茶断ちをして無事を祈ってましたんや。あんたを連れて帰ってきてくれた時、ほんまにうれしかったわ。あんたが九州の人と結婚するってもう、嬉しゅうてなぁ」

ご先祖さんのお帰りということで、仏壇の周りには盆棚が作られて、お供え物がところ狭しと供えられている。西瓜にメロンに、林檎に、蜜柑。パイナップルに梨や桃もある。

「早う帰ってきてほしいから、胡瓜を馬にみたてるんや、長い竹串を脚にするんえ、牛さんは茄子を使うんえ。お供えをあの世に持っていってもらうから短い楊枝で作りよし。おばあちゃんがあの世に行ったら、ちゃんと作ってや、宮崎まで行くからなぁ」二人のひ孫と孫の私に言う。

私は茄子と胡瓜を買うために市場に行った。ついでに果物屋に並んでいるバナナを一房買い物かごに入れて帰ってきた。私なりのお供えのつもりだった。それをみるなり、祖母は盆棚の前に座りバナナを自分の膝に乗せ「バナナは、よう、食べへんのや。あんたのママ、清子もよう食べへん……きいてへんのか？　知らんのんか……」

何も聞いていない。私の母が、バナナが嫌いって……そんな話は聞いたことがない。

「ご馳走やと思って舶来バナナを買うてきて出した時、清子が泣き出したんや。『私、バナナて、指さされたことがある……』あの子が泣いたのはその時だけやねん。いつも前向いて、後ろなんか振り向かん子が……」

そういって祖母は手拭いで涙をぬぐった。

祖母も、母も旅立ってしまった。

今年も盆が来る。胡瓜を買い、茄子を買い盆迎えをする。私もバナナは買わない。

須河信子

魔法から魔法へ

魔法から魔法へ

六月十日、待ちに待った朝がやってきた。ドローンの最終チェック。機体にセットするバッテリー六個の充電ＯＫ。コントローラー二台の充電ＯＫ。本体のプロペラ及びプロペラガード、異常なし。

一式を車の後部座席に乗せてドアを閉める。

去年は夫が大腸癌の術後であったため、南郷のジャカランダを見に行くことは諦めた。夫の容態は安定して、生活は軌道に乗った。一年待って、私の年中行事の一つであるジャカランダの旅が復活した。

今年はドローンという相棒が増えた。

「道の駅」なんごうの向かい側の山に、宮崎県農業試験場の亜熱帯作物支場がある。北に面した山の斜面一帯がジャカランダの群生地になっている。一九六四年にブラジル県人会から気候が似ているとのことでジャカランダが寄贈された。それが南郷のジャカランダの由来だという。

以来、毎年苗木が増やされ群生することになった。よく見ると、結婚記念や子どもの誕生記念に、一般の人が植えた木もある。

農業試験場支場ではジャカランダの群生が北の斜面にあるため、毎年さまざまな実験が行われている。例えば、温泉の湯を通したパイプを地に這わせて暖房を行う。ジャカランダの花芽が付くのはまだ寒い二月のことだ。この時の木の扱い方で、六月の開花状況が大きく変わる。

四年前は二月の気温が低すぎたため花芽が付かず、私は六月の、葉ばかりが繁る山を眺めた。

以来、農業試験場の努力が重ねられ、花の数は徐々に増えてきた。今年はどうだろう、と現場に立つのが私の楽しみなのだ。

ジャカランダは私の初恋の思い出の花なのだ。

「ウエディングドレス姿の君とジャカランダの花の下を歩きたい」

と、私を魔法にかけた人がいるのだ。

その人は去ったが言葉だけは残った。

「ジャカランダの花の下を一緒に歩こう」

その時、私はジャカランダの花がどんな花なのか知らなかった。しかし、嫁いできた先の宮崎に偶然にも、日本で唯一のジャカランダの群生があることがわかった。

その時から毎年六月になると、私は南郷に通うようになったのだ。

今年は南郷プリンスホテルに宿を取った。昼のジャカランダとライトアップされたジャカランダの、両方を見るためだ。

ツインの部屋のシングルユースは少々贅沢なのだが、伸び伸びと過ごすことができて心が寛ぐ。

チェックインした私は早速、ジャカランダを眺めに出かけた。花は程よく咲いている。南国の花には似つかわしくない涼しげな紫の房。囁いているように見える。

「また、あの人が来ているわよ」

「あら、今年はカメラじゃないわ。あれは何かしら?」

ドローンをセットしコントローラーを構える。

離陸。

なるべく花に近付けたいのだが、枝に引っ掛けると機体をロストしてしまう。ゆっくりと全景を撮影してから、機体を花に寄せてゆく。

枝に引っ掛ければ機体は取り戻せない。うっかり落とせば数十メートルの崖を下りて、機体を探さねばならない。

冷や汗が出る。

何とか海とジャカランダを一つの動画にまとめることができた。ドローンを着陸させて、画像をチェックする。

よし！　まあまあ作品と呼べるか。

一旦ホテルに引き揚げて、夜の部に備える。夕食を摂り、日が沈むのを待つ。

充分空気が夜に染まった。備品をチェックして車に積み込む。

「いざ！」とエンジンをかけたその時、私は気付いた。

ライトアップされている位置にあるドローンは目視で確認できる。しかし、一旦ミスをしてドローンを闇の中に放ってしまったらどうするのだ。

ドローンには色々な種類があって、自動的に指定した場所に戻るものもある。私のドローンは全ての操作を手動で行わねばならない。目視できなければ飛ばせないのだ。私は頭を抱えた。

思い切って飛ばしてみるか。しかし、機体をロストしたらどうする。愛着のある機体だ。夜は静止画のみの撮影にすることに決めた。残念だったが、来年こそは闇を恐れずに飛ばせるドローンパイロットになって戻って来ようと心に決めた。

翌朝、ホテルをチェックアウトすると、私は串間に向かって走った。

航空自衛隊のレーダーサイトである高畑山分屯基地を訪れる約束をしていたのだ。私にとってジャカランダと高畑山分屯基地はいつの間にかセットになっていた。毎年、高畑山に勤務する自衛官がジャカランダの開花状況を報告してくれるのだ。

串間駅まではスンナリ着いた。

私は高畑山分屯基地には十回以上は訪れている。しかし、だ。串間駅からの道がわからない。なぜだ？　私は再び頭を抱えた。

思い出した。いつも串間駅から基地まで基地の車で運んでもらっていたのだ。

基地司令に電話をする。

「何回も来たことがあると言っていたじゃないですか」

それは基地の車でということだったのよ、基地司令。私も忘れていたけれど。

「とにかく一本道ですから」

「はい」

と電話を切り、あたりを見回す。四方八方一本道だらけだ。消防署が見えた。そこならわかるだろうと、私は消防署に飛び込んだ。消防士さんが三人出てきて対応してくれた。地図を拡大してマーカーペンで道を記してくれた。

これで元気百倍になった私は、鼻歌まじりに車を飛ばした。

一本道なんだね。

一本道なんだね。

ところがなぜか私はトンネルを二つ潜ってしまった。

基地に行くまでにトンネルを潜ったことは一度もない。トンネルを出たところで車を左に寄せて見てみると、「都井」という停留所がある。

再度、基地司令に電話をかける。

「都井に抜けてしまいました」

基地司令が叫ぶ。

「通り過ぎています。戻ってください！」

そして私には敢え無く先導車が付くことになった。

基地から、女性の運転する車がやってきた。私が女性だからという基地司令の心配りだろう。助手席には男性が一人乗っている。

先導車のおかげで私は基地に上る道の入り口にたどり着いた。ここから三十分ほどは上りの細かいカーブが続く。

首を左右にカクンカクン揺らしながら、私は先導車を追いかけた。

「基地の皆さんは」

カクン、

「毎日、こんな道を」

カクン、

「運転していらっしゃるのね」

カクン。

ようやく基地に着いた時は、午後二時になっていた。昼食を基地で摂る約束をしていた私のために、みんな待っていてくれた。

基地司令、厨房で働く人、外来者の世話を担当する人。

懐かしい基地司令の顔が出迎えてくれた。彼の顔を見て安心すると同時に、私は時間を守れなかった自分を恥じた。自衛隊は時間や規則を守る組織だ。そのことは充分知っていながら、私が方向音痴なために皆さんを待たせてしまった。

昼食が済むと重装甲車でのドライブが待っていた。

ズンズンとおなかに響く振動を感じながら、私は運転してくれている自衛官を眺めていた。

二十代だろうか。若い。私は彼も待たせてしまっていたのだな。泣きそうになる。

しかし彼は任務を忠実に全うした。私はあまりにも申し訳なくて、運転してくれた自衛官にお礼を言うのを忘れた。

山のことなので、気候はコロコロ変わる。幸いにもその日は雨に見舞われずに記念撮影ができた。下は晴れていたのに、ということは何度もある。

日程を終えて再び先導車で二二〇号線まで案内していただいた。

山を下り、二二〇号線に出ると、彼女の運転する青い車が左に寄った。ハザードランプが点く。ここで彼女とのツーリングも終わるのか、と私も車を左に寄せた。

運転していた彼女と助手席に乗っていた男性が車を降りて立っている。

私も車を降りた。深々と頭を下げる。

「ありがとうございました」

二つの笑顔がそれに応えてくれる。

再び車に乗り、発進させた。そうして後ろからも見えるように、手を振った。二人の自衛官は全身でそれに応えてくれた。ドライバーの女性は飛び上がらんばかりに手を振ってくれた。私は寂しさに襲われた。

彼女はこれからまた山に戻るのだ。そして淡々と日常の業務を務めるのだ。

あの鬱蒼とした山道を登りつめた場所で。

またお会いしましょう、心で呟くと私は宮崎市に向けてアクセルを踏み込んだ。

私の心にまた魔法がかかった。

鈴木直

鐘の音色
偶然の果てに

鐘の音色

「先輩はノラリクラリと（仕事を）やっているけど、なんとかやってるんですね」

職場の後輩Gが私をからかうのですが、不思議と腹が立つことはないのです。ギラギラとした眼差し、真っ黒な素肌、そして一際目立つ白い歯。Gが屈託のない笑顔を見せます。

ありがたいことに、私にはニックネームがあります。「鈴木さんは、ジョンだな」、ある日Gが言いました。それに他の職員が「そう、そう、鈴木さんはジョンっぽい」と続き、この瞬間から、私の愛称が決まったのです。しかし「ジョンっぽい」とは、どのようなことか、未だ不明です。

　私たち大学職員は、学校卒業後すぐに選抜試験を受けて、就職する場合がほとんどですが、最近では民間を経験してから、就職する者も少なくありません。かく言う私も、後者の一人です。しかしGはひと味違います。大学卒業後、中学校教諭や青年海外協力隊員を経て、大学に就職後も、県庁への出向を経て現在に至るという異色の経歴を持ちます。また少子化極まるこのご時勢に六人兄弟の末っ子ということも、少なからずGの人格形成に役立ったと察します。


　ある一枚の写真を見たことがあります。野球場で青年三人とGが談笑している様子が写っていました。素性を明かすと、三人ともスリランカ出身で、ホテルに勤務しながら審判員をしているU、スポーツ生体学を学ぶ留学生P、そして、プロ野球球団の研修生のHです。いずれも現在、日本で生活しているといいます。Gが十数年前、青年海外協力隊としてスリランカに渡り、野球を教えていた頃の教え子たちです。

　当時のスリランカでの環境は劣悪だったといいます。野球場として利用していたクリケット場には、拳大の穴がありました。練習中、その穴からオオトカゲが出現したり、サソリや牛が闖入して、練習の妨げになることもしばしばだったといいます。しかしGは素直に話を聞く子どもたちの姿勢に可能性を感じていたといいます。

審判員や観客への挨拶。グラウンド整備やゴミ拾い、自らを犠牲にするバント。相手を思いやって取りやすいボールを投げること。審判員Uは、日本野球の素晴らしさに感銘して、日本に留学。野球を続けるとともに、審判員の資格を取得しました。二〇一五年には、甲子園球場で行われた選抜高校野球という大舞台でスリランカ人初の審判を務めることもあったといいます。

このように、Gがスリランカで蒔いた種は、十数年の歳月を経て、大輪の花を咲かせ、果実をもたらそうとしています。

「ジョン先輩、ご相談が……」

留学生を連れて、農家民泊に行くから、Gが手伝ってほしいというのです。初めは、留学生を田舎に連れて行って、何になるのかと思いました。しかし、意外や意外、東南アジアやアフリカからの留学生にとっては、母国の暮らしを思い出し、親近感を感じて、リラックスできるというのです。

「お邪魔します」ではなく「ただいま」、「お邪魔しました」ではなく「行ってきます」。この家の子どもになりきる、これが農家民泊の掟です。農家では鶏を絞めて鶏鍋を作ったり、餅米を搗いてネリクリという団子を作ったり、ブルーベリーの剪定をしたりと、農家ならではのアクティビティを留学生と楽しむことになります。また、農村を留学生と散策すると、「なぜ茶畑でファンが回っているのか?」「どのように田んぼに水を引くのか?」など、質問攻めにあいます。農家では、「どのように風呂に入るのか?」という質問には、面を食らいました。彼らは国の将来を担う逸材ばかり。彼らの旺盛な好奇心には感心します。彼らの「なぜ?」に田舎の魅力を説くヒントがあるようにも感じます。農家で一晩過ごすと、国籍や人種、宗教、文化、慣習も異なる留学生たちも、すっかりその家の子どもとなったのでした。

今まで、このようなことが幾度かありましたが、そんな中で、国際交流の秘訣みたいなものをGから教わった気がします。Gは、遊びも仕事も全力投球。そして、とことん仲間と楽しみます。ギラギラとした眼差し、真っ黒な素肌、そして一際目立つ白い歯。Gの屈託のない笑顔を思い出します。

現在、私は沖縄の大学で、国際連携の仕事に携わっています。経験の浅い私が、何とかやっていけるのも、Gとの出会いがあったからだと確信しています。そして最近、Gからメールが届きました。

「ジョン先輩、ご相談が……」

Gが来沖したいというのです。さあて、またG節でも聞いてやりますか。

偶然の果てに

「Tには、行かん！　あれは、お好みやない！」

学生時代の友人Rが、このように喝破します。そう言って、いつも決まって、線路の反対側にある広島焼きの店に入るのでした。二十年以上も前のことですから、もはやその店の名前を思い出すこともできません。

六百円ほどで麺入れ放題というシステムは、いつもハラペコだった私たちにとって嬉しいものでした。以来、広島焼きの虜となっています。地元小倉でも、就職先の宮崎でも、広島焼きの店を見つけては、毎週のように通ったものです。今では、しばらく食べないでいると、禁断症状が出てしまうほどです。

「今夜は、Mで飲むよ！」

このように上級生から言われると、私たちは緊張したものでした。学生街でもっとも有名な沖縄風居酒屋Mは、「ざっくばらん」という形容が相応しい、愛すべき店でした。入店するなり、おしぼりが飛んでくるは、注文の品が遅くて催促しても、「我慢してください」という、まさに「ざっくばらん」な対応でした。一方、ラフティーやスゥーバなど沖縄のソウルフードが楽しめる名店でもありました。さらに、どんなに飲んでも、どんなに長居しても、お代が一人三千円を超えることはありません。いきおい、吐くまで飲む、吐いては、また飲むという、いかにも体育会系の飲み方をしたものでした。このような過激なことも許容される、まさに愛すべき店でした。

一昨年の四月、私は沖縄勤務を命じられました。赴任後、那覇市内で広島焼きの店を探したところ、一軒見つけることに成功しました。この十一月、その店を初めて訪れると、ちょっと気掛かりなことがありました。私の経験則では、店内は少し油で薄汚れた感じで、鉄板の端っこなどは、少々煤けているぐらいが良いのです。美味しい店の共通点だと思っています。しかしながら、この店の全てがピカピカではありませんか！　聞いてみると、今から四か月前に開店したばかりというのです。正直「これは、アカン」と思いました。

店主に経緯を聞いてみると、東京で二十九年間続いた店を閉めて、この三月に郷里沖縄に帰ってきたというのです。最初は、「へ～」と思っただけで、気にも留めませんでした。が、広島焼きの半分を食べ終わる頃、聞いてみました。

「ところで、東京のどこでやっていたのですか？」

「○○○駅で」

「えっ！」

私は、記憶の奥底から名前を思いだそうとしますが、やはり出てきません。なので、消去法で質問してみました。

「Tじゃない方の、あのお店ですか？」

「ええ、そうです。ちなみに、Tさんは、随分前に店を畳まれましたけど」

「実は、私が学生時代、ご主人のお店に通っていましたよ」

後日談ですが、当時店主の奥様は、生まれたての坊ちゃんを背負って、広島焼きを焼いていたといいます。その赤ん坊が、二十数年後、沖縄の大学を卒業して、今では東京で働いているというのです。現在、その大学に私が勤めているというのも、ただならぬ因縁を感じざるを得ません。

「奇跡」

このような大げさな言葉を使ってもいいほどの偶然。この感動をいち早く誰かに伝えたいという衝動に駆られました。そして、その夜、友人Ｒに電話をかけて、これまでの経緯を話しました。

「え〜、ほんま〜」

つれない返答が帰ってきました。私の話し方が悪かったのか、この感動を伝えきれなかったという反省だけが残りました。

それから半年が経った昨年五月に一本のメールが届きました。「沖縄に行くから」と、Ｒからでした。仕事のため広島から来沖するというのです。二十数年という歳月を経て、沖縄で主人とＲ、私の三者が相まみえるという偶然。いや、奇跡が再び起こりました。

今思うと、学生時代、知らず知らずのうちに、沖縄の方々にお世話になっていたことに気づきました。また、人との縁は単なる偶然ではなく、深い因縁によって起こるもの。だからこそ、どんな出会いも大切にしなければならないことを噛みしめています。このようなことを、うちなーでは、「いちゃりば、ちょーでー」と言うのですよね？

鈴木康之

壮心已まず

壮心已まず

老驥伏櫪　　老驥櫪に伏すも
志在千里　　志千里に在り
烈士暮年　　烈士暮年
壮心不已　　壮心已まず

中国の三国時代、魏の始祖・曹操の漢詩といわれる。驥《き》とは、一日に千里走るという駿馬のこと。私の愛誦の漢詩である。

平成十一年、関係した会社の再生を機に役職を退き、帰郷を決断、会社人生に一区切りつけた。家の墓守もあるが、会社の仕事とは全く違った仕事をやってみたいと思った。「腹ふくるる」思いが募り、「新聞の新聞」作りを試みたが、これは体調を崩し早々に断念した。さりながら壮心已まず、その頃、長年薫陶を受けた先輩のお勧めで、創刊早々の「日本インターネット新聞」の市民記者として、「芋幹木刀」と題し、六年間時事コラム・二百四十八本を執筆。後日、私家本を出した。また、渡辺綱纜さんにお願いして今日「みやざきエッセイスト・クラブ」の一員である。

昨秋、市立第六国民学校（現江平小）の昭和二十一年度卒の最後の同窓会が開かれた。この同窓会は、平成十四年から続いていたが、年々出席者が減少、今回はわずか十二人だった。この会が今日まで続けられたのは、担任の北野一郎先生がすこぶるお元気で、お住まいの三股町から電車で毎回出席されていたことが大きい。北野先生は今年二月白寿を迎えられている。さりながら、先生はこの最後の同窓会を欠席された。ちょうど運悪く足を痛められ入院中とのこと。

後日、私も含め幹事四人で都城の入院先に御見舞いに参上した。私達は開戦の年、国民学校第一回生として入学。五年生の時、終戦を迎えた。六・三制の新学制が昭和二十二年三月公布施行されたから、私達は「小学校」を出ていないことになる。

最後の晩餐会ならぬ昼餐会に集まったメンバーのうち、烈士暮年、際立って注目される友人が二人いる。一人は、東京のど真ん中、八田国際特許業務法人のオーナーで、今もって海外出張もこなす八田幹雄君。今一人は、再来年福岡で開催予定の世界マスターズ水泳選手権大会（国際水泳連盟主催）で金メダル（水泳）を目指す、「よっちゃん」こと押川義克君だ。

押川君は、幼少時の虚弱体質を克服、家内の逆境にもめげず学行に精進、勤めていた社会保険病院を定年退職後は、七十歳から日本名山に挑戦。北は北海道の利尻岳から南は屋久島の宮之浦岳まで主な山は登っている。しかし、八十歳の時に年齢も考え剣岳登頂を最後に大きな山の登山は断念し、七十九歳から元々得意だった水泳に挑戦している。初参加の全国ねんりんピック大会で三位となり（平泳・25m、50m）、八十二歳では熊本マスターズ大会で、大会記録で優勝（平泳・50m、100m）。そして今年九月、八十五歳で、福岡で開催された第三十六回日本マスターズ水泳選手権大会（日本水泳連盟ほか主催）に出場。八十五歳から八十九歳の部で見事二冠を達成した（平泳・50m、200m）。

昨年はNHKテレビで何度も取材放映されたので、そんな押川君を知る人は多いはずだ。私の現在の体力では全くついていけないが、どんなトレーニングをやっているのか聞いてみた。標準的な一日の予定は、五時半に起床してラジオ体操、筋トレ。十時から十四時までスポーツジムへ、ヨガ、筋トレ、水泳一五〇〇メートル。二十二時に就寝とのこと。ただし、日曜日は愛妻と夫婦で一反の畑仕事とある。

押川君の立派なところは、筋トレだけでなく脳トレもやっていることだ。宮崎日日新聞・窓欄の常連だし、また地元の自治会や老人会の行事に積極的に参加してきている。「健康維持こそ社会貢献」をモットーに躍動する彼の大きな夢が成就されんことを心より祈念して止まない。

ところで、担任の北野先生とは、終戦時の国民学校だけでなく、実は新設の西中学校三年時（第一回卒）、担任になられたので、私は他の人よりいささか濃いつながりがある。

私は終戦の年九月、疎開先の綾町から丸山町の自宅に、寝たきりの父を母共々擁して帰還したが、江平の第六国民学校の校舎は終戦日の直前に焼夷弾を食らい、全校舎焼失していた。今の神宮参道にあるＮＨＫ宮崎放送支局は、戦時中は軍の司令部であったが、戦後私達の仮の校舎となり、私達はここで卒業した。その後、県立盲学校が入り、同校の転出後、鶴島町から現在のＮＨＫが移転して来ている。

北野先生は復員後、私達のクラスの担任に復帰され、クラスを「留魂塾」と命名された。これは吉田松陰の辞世の歌、「身はたとひ武蔵の野べに朽ちぬとも留置かまし大和魂」に拠る。その当時は、進駐軍によって、柔道、剣道など武道は禁止されており、私達は専ら手作りのグラブやボールで野球に興じていた。町ごとにチームがあってよく対抗試合をしていたものだ。

六年生になった終戦の翌年秋、宮崎市内の国民学校野球大会が開催されることになり、北野先生総監督下、急きょ選手の選抜と猛練習が行われることになった。大会会場は今の宮崎小学校の校庭であった。わが第六国民学校は一回戦で、男子師範付属国民学校と対戦、24対1・コールドの屈辱的な敗戦であった。左腕の好投手・木脇汪君が途中で肩を痛め、急きょ三塁を守っていた私が救援に赴いたが、全然ダメで、四球をだしては打たれたのを鮮明に覚えている。されど、今となっては懐かしい思い出だ。

時に上京する機会があると、親しい友人達と、たとえば寅さんの葛飾柴又とか浅草寺の四万六千日・ほおずき市とか散策することがある。この日は染矢良正君の案内で相部邦彦君共々、南千住の小塚原刑場・回向院を訪ねた。この寺には安政の大獄で刑死した幕末の志士、橋本左内、吉田松陰、頼三樹三郎など、また鼠小僧次郎吉や「毒婦」といわれた高橋お伝などの墓がある。私は松陰の墓を写真に撮り、北野先生に贈ったところ大変喜ばれた。また、ある年の建国祭の日、先生のご自宅に他の教え子共々私達幹事も招かれご馳走になったことがある。その折私が詠んだ句が気に入られ、ご要望に応え短冊を進呈した。

紅梅や万巻の書を白寿まで

建国祭教へ子の来て今昔

先生は大変な読書家かつ蔵書家で、「欲しい本があったらいつでも持って行っていいよ」と言われていただいている。

といったことで、学校関係の同窓会・クラス会はこれですべて終わったと思った。新制中学のクラス会、疎開先だった綾の同窓会、デュークエイセスの谷道夫君が例年参加した大宮高校第五回卒同窓会、京都大学法学部一組（Ｊ１）のクラス会。烈士暮年、何となく人生一抹の愁いを含むことになった。

ところがである。世の中はよくしたもので、五年前解散した大学のクラス会が突然復活したのだ。当時幹事を務めていた京都新聞元常務の杉本良夫君から本年二月、次のような案内状を頂戴した。

復活?!　Ｊ１会ご案内

前略約三十五年間に十五回のクラス会を営々と続けてきた、Ｊ１会に〝一応の区切り〟を付けたのが、平成二十六年の五月でした。以来、「Ｊ１会が懐かしい」「京都が遠くなった」等、Ｊ１懇親会の復活を望む声が高まってまいりました。（後略）

四月二十五日、伊丹空港から京都駅行きの高速リムジンに乗った。岡本太郎の「太陽の塔」に見送られ、新緑のまぶしい高速道路は快適だった。五年前の懇親会は、幽雅な名園で知られる世界遺産の天龍寺で、日誌によるとその後嵯峨野に遊んでいる。今回の会場は京都駅に近いホテルで、利便性を優先した杉本幹事の配慮が窺われる。杉本幹事が用意してくれた資料を見て、思わずウーンと唸ってしまった。今回出席者は十三名で、令夫人連れと付添の娘さん連れを入れて十五人の会席となった。前回は二十九名の出席があったが、五年間で物故者三名、案内状が返送されて来た者二名。ちなみに、ちょうど六十五年前入学時の在籍者は四十九名を数える。

クラス会と言えば、懐旧談、近況報告、なかんずく病気の話が定番。相身互いで結構参考になることが多い。ただ、いつもと趣を異にしたのは、ちょうど改元を迎えていたせいか、わが国の近未来に思いを馳せる者が多くいたことだ。今なお大商社の名誉会長もおれば、裁判官あがりの弁護士もおり、家業を継いで頑張っているものもいる。壮心已まず、かつての産業戦士の最大の関心事が「米中新冷戦」の行方に集中するのはごく自然なことだ。

一泊して、いつもはキャンパスを覗き、お世話になった下宿先に顔を出し、その時の気分でアチコチするのが常だったが、この度は眼疾が嵩じてきている上に足腰の衰えもあり京都駅近く、家の宗旨である東本願寺と京都全域が楽しめる京都タワーにしぼった。

久し振りに京都入りして、驚いたのは、訪日観光外国人（インバウンド）の増加とその多彩な顔ぶれである。全国で一千万人を平成二十五年に超え、五年後の昨年、三千万人を突破したのだそうな。観光外国人の落とすお金は全国で四兆五千億円と馬鹿にならないが、文化財の多い寺社では、悪戯する外人お断りとのつぶやきも聞こえてくる。ちなみに、日本人のアウトバウンドの昨年の実績は、一八九〇万人とのこと。

クラス会の常連で、私の親しくしている友人二人に帰宅後すぐ電話を入れた。一人は名古屋、一人は高知在住である。二人とも車椅子、クラス会の報告をつぶさに行った。

京の春インバウンドの地の響き　　康之

イケメンシャバーニ
真夏のペンギン
ゆうたんのメモリー

髙木眞弓

イケメンシャバーニ

名古屋方面を旅行することになった。雑誌を見ていると、名古屋にイケメンがいるという。「イケメン」に弱い私。是非会いたい。楽しみがひとつ増えた。

たくましい体つき、物憂げな流し目、彼のイケメンたるゆえんだ。想像するだけでどきどきする。彼に会いたい人は多くて、行列が出来ていた。私も列に並ぶ。いよいよご対面の時が近づいてきた。気持ちは最高潮。「どこ、どこ」目をこらして探すがイケメンがいない。もしかして、あの床によれよれの黒い毛布みたいになっているのが彼?

皆の期待を裏切って、イケメンシャバーニはお昼寝タイムとのこと。床に寝そべってごろごろごろごろ、ぐーたらおじさんみたい。宮崎からやって来た私の心はどうなるの？　東山動物園での出来事。イケメンとはローランドゴリラのシャバーニのことだった。

真夏のペンギン

動物園が好きであちこち出かける。ペンギンの散歩やチンパンジーの部屋などで有名になった旭山動物園。想像していたよりこぢんまりとしていたが、手造りの案内板など、飼育員の方の愛情が感じられる園内だ。

トンネルの中ですいすい泳ぐペンギンを見たくてじっと待つが、姿が見えない。係の人が、「夏は暑くてペンギンもあまり泳がない」と言った。「そうだよね。この暑いのにじっとしていたいよね。真夏のペンギンは、夏バテだ」そう思って、あきらめていると、ありがたいことに二匹のペンギンがトンネルの中を気持ちよさそうに泳いでくれた。シャッターチャンス。「やったあ、ナイスペンギンさん。これが見たかったんだよ。暑いのにありがとうね」

外に出ると炎天下。私も真夏のペンギンに負けないで、アイスを食べてまた歩こう。

ゆうたんのメモリー

時々、妹の夢を見る。ゆうたんの夢だ。私は三姉妹の長女でゆうたんはすぐ下の妹だ。夢の中でゆうたんは、子犬のようにころころとして私にすり寄ってくる。そしてその優しいまなざしは私をほっとさせる。

ゆうたんは、母の実家で生まれた。当時私達は神戸に住んでいたが、外国航路の船員だった父はほとんど家にいなかったし、まだ三歳の私の面倒をみてくれる人もいず、身重の母は宮崎の実家に帰ったのだろう。母は大きなおなかを抱えて私を連れ、汽車に揺られて何時間も移動、大変だったと思う。そして、母はその二年後には下の妹の出産で再度帰省している。今度は二人の子どもを連れてのこと。改めて「母は強し」であると感心する。

ゆうたんが生まれて一か月。写真館で二人椅子に腰掛けて撮ってもらった写真がある。ゆうたんはきらきらした瞳で正面を見つめている。この写真は、長い間写真館のウィンドウに飾られていたらしい。

私が小学一年生になると、私達家族は神戸から宮崎に引っ越してきた。父は相変わらず船上での生活が続き、私達は四人、女ばかりの暮らしだったが、宮崎には母方の親戚が多く、休みになると泊まりに行って、いとこ達と遊んだ。川で泳いだり魚釣りをしたり、畑にあったスイカを皆で食べたり、ちゃぶ台を囲んで宿題をしたり、皆で並んで昼寝をしたり、楽しい思い出は尽きない。

中学生になると私も下の妹も背が低かったのに対し、ゆうたんはすらっとしてスタイルもよく色白の美人に成長した。バスケットボール部に入り毎日遅くまで練習をしていた。勉強も運動も何でもこなすゆうたんだった。

でも何か月か過ぎた頃、ゆうたんは足の痛みを訴えるようになった。近くの整形外科へ行くと膝に水が溜まっていると言われ、治療を続けた。痛みをこらえて部活に励んでいたが、そのうちにだんだん痛みが激しくなり練習どころではなくなった。もしかして他の病気ではと、延岡の県立病院を受診すると、検査をしたいのですぐ入院してほしいと言われた。検査の結果、骨肉腫との診断。左足の膝から上の所で切断しなければならないとのことだった。父は遠い海の上、母は高校一年の私にも他の誰にも相談できず、妹にこの事実を知らせなければならなかった。母の気持ちを思うと今でも切なくなる。

そして、片足切断という大手術。親戚も大勢駆けつけてくれたが、私達は手術が無事に終わりますようにと祈るしかなかった。長い時間がかかった手術がやっと終わり部屋に戻ったが、妹の足は消えていた。初めてその姿を目にした時、妹がどんなにつらく悲しかったか、そして、母に心配をかけまいと必死で涙をこらえていた妹の姿を今でも鮮明に覚えている。手術後しばらくすると、手術した足の指先が痛いと言い出した。膝から下はないのに指先が痛いと言われて困った。本人も「解っているけど、不思議だけど、本当に指先が痛い」と言った。これは幻肢痛といって、脳が記憶している指先の痛みを訴えるものらしい。不思議な現象だ。

傷も癒えてくると、今度はリハビリが始まった。誰よりも一生懸命やった。もともと頑張り屋だ。「今日はもうこれくらいで休めば」と言っても、「もう少し、もう少し」と練習した。義足も出来てきたが、医師も驚くほどの早さで義足を装着して歩けるようになった。それどころか、プールに入れば片足なのに泳げるようになり、運動能力の高さを発揮した。春に入院したゆうたんは、夏には退院し、家に帰ってきた。入院している間母は、病院のゆうたんに付きっきりだったので、私と下の妹は二人で留守番をしていた。高校生と小学五年生の二人での生活。今思えば母とゆうたんも頑張ったが、家で留守番をしていた下の妹もよく頑張ったと思う。私は母の代わりに食事の用意をして妹に食べさせて、学校の準備も手伝ったりして二人で力を合わせて毎日を過ごした。船上にいる父にも心配させまいと思っていたのか、手紙もたくさん送っていた。だから、退院して二人が家に帰ってきた時は嬉しいのはもちろんだが、同時にほっとした。

家に戻ったゆうたんは、しばらくして学校に復帰した。中学校は自宅の近くだったので、母と私が交代で付き添い、歩いて通った。小学校も隣にあるので当然小学生も一緒に登校する。すると、低学年の子どもの中には、妹の足を見て「人形の足だ。人形の足だ」とはやし立てる者もいた。私は内心、「なんでそんなことを言うの、あっちへ行って」と思っていたが、本人はつらい顔もせず「大丈夫よ。陰でこそこそ言われるよりましだよ」と言ってにこにこしていた。今なら、義足もよくなって軽くて本物の足のように動きもスムーズなものがあるのだろうが、当時の義足は重くて、本当に作り物の足だった。子ども達が人形の足だと言っても過言ではなかった。

秋になり、中学二年生の修学旅行。今はユニバーサルなど遊園地が主流だが、私達の頃は、どこの学校でも九州一周というのが普通だった。母は何か感じることがあったのだろうか、付き添って、所々無理な行程はタクシーで別行動をしながらも、修学旅行にゆうたんを参加させた。松葉杖で立ち、セーラー服姿で微笑む写真はその時のものだ。

お風呂に入ると、一方の足がすらりと長いだけに、切断されて先がまるくなった足が痛ましかった。でも同時に可愛らしくもあり、ゆうたんと二人でなでたのを思い出す。でも私は「何で妹が」と思うと入浴介助をしながらいつも心の中では泣いていた。

年が明けて、妹は風邪をひき体調を崩していった。そして再入院。明らかにがんが転移していた。今は肉腫に使える抗がん剤も増えたと聞く。腫瘍用人工膝関節などもあるそうだ。今ならもっと長生きできたかもしれない。もっともっと一緒に過ごせる時間があったかもしれない。何十年もの時を経て思う。

二月になり、病状は最悪のものになっていった。痛みが来ると、上から押さえないといけないくらい体が震えた。ある時、見舞客が百合の花をたくさん持ってきたことがあった。でも、その百合の花の香りさえしんどかったのだろう。客が帰った後、申し訳なさそうに「どこかに持って行って」と言った。私は、その日以来、百合の花が苦手になった。

そんなある日、突然「神父様に会いたい」と言い出した。我が家はクリスチャンではない。神父様と言えば、カトリック系の幼稚園に通った時に神父先生がいらしたなと思うくらいだ。でもあまりにも言うので、幼稚園に連絡を取って事情を説明した。次の日には、神父先生ともう一人女の先生が病院を訪ねてくださった。不思議なことに何をするでもないのにお二人がいらしている間は、痛みもなく穏やかな時が流れた。その後も何度かお見舞いに来ていただいたが、ゆうたんはその度に安らかな時間を過ごした。私はあまり信仰心もなく神もそれほど信じているわけではないが、この時は本当にゆうたんには神様が見えているのだろうと思った。

それからしばらくしてゆうたんは旅立った。ゆうたんが信じた神様だからと葬儀は神父先生にお願いして教会で行った。花に埋もれていくゆうたんがすごくきれいだった。

あれから五十年近くの時が流れた。私も下の妹も還暦を過ぎ、それなりのおばちゃんになった。でも、ゆうたんが還暦を過ぎた姿は想像も付かない。松葉杖姿もだんだん記憶から薄れていく。夢の中でしか会えないけれど、ゆうたんは元気いっぱい。裸足で駆け回る。

竹尾康男

無事、これ名馬

無事、これ名馬

私が所属する写真集団「写団みやざき」は、今年で創立四十一年になります。この会が旗揚げした際に私も参加しました。写真を鑑賞するだけだった私が、写真作品を創作して見ていただく全く逆の立場に転身したのです。

創作した作品を県内美術展に応募するだけでなく、全国へ発信することが「写団みやざき」の設立意図でしたから、会員は競って二科展に応募して、一喜一憂しながら懸命に勉強を続けました。

二科会は、当時としては唯一全国的組織を持つ権威ある美術団体でした。秋山庄太郎・林忠彦・植田正治・白川義員など日本を代表する錚錚たるプロ写真家が主宰して、「二科調」と呼ばれる独特の写風を生み出して一世を風靡しました。

二科調は美しい光で主題だけを浮かび上がらせ、他のものは影の中に埋没または省略させることにより端正な美しい画面づくりをするのが特徴です。余分なものは初めから画面に入れないようにするのは勿論ですが、説明的なものも最小限にするように努めます。ちょうど一筆描き漫画では大切なところだけを描いて他は省略してしまうのとよく似ています。

このように極力画面の省略をしながらも、全体としては潤いのある情感を見る人に与えることができることから、「写真は引き算」であるとする新常識を定着させました。

この不思議な効果を生み出す源泉は影の部分にあります。目立たないように影の部分に置かれている副主題に強くない微妙な光を効かせて少しだけ浮かび上がらせることにより、主題をより強く押し出させると共に雰囲気を醸し出す役割をさせているのです。写真が「光と影の芸術」と言われる所以です。とは言え、見る人は単調さにはすぐに退屈して、好ましい範囲内での芸術的刺激を常に求めています。しかし、写真の輝部から暗部への急激過ぎる変化は決して心地好いものにはなり得ません。緩やかな変化こそが陶酔を誘う美しさを生むのです。このように色や明るさが少しずつ濃くなったり薄くなったりしていくことを、写真では階調（グラディエーション）と言います。

明暗の変化が断続的であっては違和感が生じます。連続的で滑らかで且つ微妙でなくては快い階調にはなり得ません。やっとのことで良い被写体を発見してシャッターを切ったとしても、過度の露光を与えると露出オーバーで「白飛び」し、逆に露光が少な過ぎると露出アンダーで「黒つぶれ」となって、被写体の美しい明細を表現できないことになります。見る人に理解と情感を与えるためには、中間調が整っていることが欠かせません。

これらと同じくらい大事なものがあります。光の良し悪しと被写体の選択がそれです。光には透明に近いものと、色の付いたものがありますが、透明に近い光は輝部をくっきりとシャープに描き出して主題をより強くすると共に、影の部分に心地好い余韻を与えることにより物語性を演出してくれます。

色の付いた光はカラー写真における主役中の主役と言っても良いかと思います。夕焼け空の赤から天空の青にかけての美しい階調（色のグラディエーション）は、これこそ自然の美の最たるものと感激した人は多い筈です。

海の青は詩歌のみならず写真や絵画でもしばしば表現の良い対象とされます。輝度の最も高い白の鳥にきれいな光をうまく当てて、空の青が反映した鮮麗な青色の海とを組み合わせれば、「海の青にも染まずただよう」白鳥も、牧水の歌に負けないほどに描き出せるという訳です。これも透明で輝度の高い光によるハイライトとシャドウと中間部の色によるグラディエーションで生み出される表現効果であると思います。

被写体にも強いものと弱いものがあります。そのものだけで強烈な視覚的刺激と満足を与える被写体を見つけられればラッキーですが、そこには大きな落し穴があります。自然災害や社会現象を対象として扱うドキュメンタリー写真がこれに当たります。単にシャッターを押すだけでもニュース性の高い絵になりますが、その背景にあるものに対する知識や考察が十分でなくては事の真相と重大性を見る人に伝えることができません。つまり、被写体を自分が料理するのではなく、撮らされてしまって、メッセージを軽くしてしまうという危険が潜んでいるのです。

これに対して日常的で見馴れた被写体を撮る場合には、一見、見栄えのしない写真になり易いのですが、日頃見馴れたものであるだけに、見る人の記憶や経験から想像が膨らみ、更には哲学的思考まで呼び起こされて深い感動を覚えることが少なくありません。つまり、写真には視覚に訴える要素だけではなく、読ませる要素もあって、引き出される物語性が多ければ多いほど良い作品だとされています。私は被写体の強弱によって〝被写体のグラディエーション〟とでも呼ぶ階調があると思っています。

光と陰と中間調の微妙な調和が写真の味を決める重要な要素であることは以上述べた通りですが、それと同じようなことが私達の生活のすべてについて言えそうです。

多くのドラマチックな場面を端的に表現する言葉として「脚光を浴びる」「明暗を分ける」とか「陰翳に富む」という言葉がしばしば使われてきました。

人間社会では、陽が当たる人は歓喜し、陰にある人は悲哀を味わい、中間部にある人は光を求めて懸命に努力し続けています。光の当たった人だけを成功者として囃したてますが、中間部にいる人達の間では、縁の下の力持ちみたいな重要な働きをしている割にはなかなか光が当たらないという悲しいドラマが繰り広げられているに違いないと私は思っています。

世界的大発見など大きな業績を成し遂げた研究者の中にも、学生時代は極極普通の中間層に居たという話もしばしば耳にします。

近所の子どもに「学校の成績はどう？」と尋ねると、以前は「普通」という返事が断然多かったのですが、最近の子ども達は「びみょう」と〝微妙〟な返事をすることが断然多くなってきました。仕草や表情など細かいところにも意味が含まれていて、微妙の意味をどう解釈したらいいのか当惑します。

こうした返事をする学童も大抵は中間の位置にある平凡な生徒なのでしょうが、クラスの大多数を占めて主役を守り立てたり、底辺を引き上げたりと重要な役割を果たしている訳で、一旦良い光が当たって目覚めれば、いつでも主役に取って代わる潜在能力を秘めています。大人になって社会に進出すれば、中間層として大きな社会貢献を果たしている例は枚挙にいとまがありません。

今は何とかなっていたとしても、この複雑で変転極まりない社会情勢の中にあっては、いつ何時、光の当たらぬ陰の部分を演じなくてはならぬ不運に見舞われるかもしれません。そのことを考える時、脚光を浴びなくてもいいから急激な変化の起こらない平凡で普通な中間部に身を置きたい、その方が却って幸せであると考える人が増えてきたとしても不思議ではありません。

大富豪になることや有名人になることが幸せではない、家族や友達と笑いあえる毎日がある幸せ、未来に夢を持つことができることこそが最高の幸せと、本当の幸せについて沖縄の女子中学生は「平和の詩」にうたっています。

すべての世界は明暗・強弱がバランスを保った時に滑らかなグラディエーションが構成されて、心地好い生活感を醸し出しているようです。多くの人が平穏無事を祈る心のもとは、ひょっとしたらこの辺《あた》りにあるのかもしれません。「無事、これ名馬」の言もあります。

谷口二郎

人生はうつせみ

先日カメラを買った。もともと写真が好きで、若い時にはカメラを担いで日本中、世界中を旅した。五十年前はデジカメなどなく、フィルムを中に入れて撮影していた。フィルムは一二、二四、三六枚があり、その枚数以上の写真を撮ることは出来なかった。

撮り終わると直ぐにカメラ屋さんに持って行き、現像し焼いてもらっていた。出来上がりを待つ間、心がウキウキしていて落ち着かなかった。出来上がってそれを取りに行くと、直ぐに中の写真を確認する。中にはもの凄いピンボケ写真などもあったりしてがっかりすることもあるが、思い通りに撮れていると小躍りをしたくなる。それを引き伸ばしてパネルに入れて楽しんだ。写真を撮る一瞬一瞬が真剣勝負だった。

しかし二十年くらい前からはデジカメの時代になった。フィルムではなく、メモリースティックやSDカードなどスティック状のものになった。枚数も何千枚も撮ることが出来る。動きのあるものでも連写を使い、その中から一番良く撮れているものを選べば良い。

最初は何と便利なものが現れてきたものだろうと思っていた。これからはデジカメを使って、思う存分写真を撮ることが出来るとワクワクしていた。ところがだ。実際デジカメで写真を撮ってみると、何か面白味がないのだ。今までは天気やその場所の明るさなどでシャッタースピードや絞りを考えながら撮っていた。だからその瞬間のイメージで撮られる写真はその時勝負だったのである。

デジカメになると全てオート。大変さはなくなった分、ただ撮るというカメラになったのである。しかもプリントされたものは良く撮れている。文句ない仕上がりなのである。それでも何か物足りない。ということで赤ちゃんや孫の写真はデジカメで記録として残していたが、自分の趣味の写真を封印していたのだ。

しかし古希を迎えるにあたって、何か趣味を見つけなくてはとミラーレスのカメラを買ったのである。フィルムの時代は一枚一枚に魂を込めて写していた。デジカメになってそれが失われたとずっと思っていた。しかしフィルムであろうがデジカメであろうが写真を撮るというのは楽しいことだ。まあ肩の力を抜いて好きな時に気楽にシャッターを押すことにしよう。

年を重ねると色々トライしようという気が萎えてくる。体を張ってカメラを構えるのではなく、気軽にシャッターを押してその写真を楽しむ。そういうスタンスで良いのだ。古希を迎え生きるということは、あまりいろいろなことに拘らず、やりたいことを自然体で行う。そういうことのくり返しであるということに今頃気付いた。ただそれだけでも進歩である。

うたかたのように

宮崎市郡産婦人科医会の主催で、古希のお祝いのパーティーが開催された。私は昭和二十四年十月二十六日生まれ。気持ちはまだ二十歳くらいのつもりであるが(図々しいかな〜?・)、いよいよ古希を迎えるのである。友人の多くはリタイアをして悠々自適の人も多い。しかし私みたいにまだ老体に鞭を打って仕事をしている人もいる。

なぜ産婦人科医会で古希のお祝いをするのか？　それには深い訳がある。三十年くらい前までは宮崎市内の産婦人科医は古希すなわち七十歳まで生きた人はいないのである。何せ産婦人科医は二十四時間三百六十五日、母子の命を守らなくてはならない。しかも万が一のことが起こると何億もの賠償金を支払わなくてはならない。まさに毎日命を擦り減らして生きているのだ。

しかし県立宮崎病院が新しくなり、市郡医師会病院が新設されると、開業の産婦人科の先生方も何か異常が起こった際は救急搬送することが出来るようになり、長生き出来るようになり、古希を迎えることが出来るようになったのだ。そのお祝いで貰えるものは何と〝岩戸神楽神面〟である。手作りで高価なものである。もうこのお面を貰ったのは二十九人にものぼる。最近では八十代、九十代まで長生きする産婦人科医も珍しくなくなっている。このお面を貰うことは長生き出来たという証なのである。

今や長寿の時代、古希は珍しいものでも何でもなくなっている。このお面を見ながらこれまでの人生を振り返り、これからの人生を考える機会にしたい。

天使のつぶやき

母の日、孫の「木の羽」がクレヨンで絵を描き「これ木の羽がママのお顔描いたんだよ。上手でしょ?」と娘に差し出した。娘も「上手に描けているね。ママそっくり」と言うと「だって私もう三歳だもん。ごはんも一人で食べられるし、おしっこも一人で行けるし、はみがきも一人で出来るもん!」と自慢気に答える。

急にお母さんに向かって「お母さんは何歳になるの? 教えて!」娘は虚を衝かれてしまった。自分の年齢を幾つかと聞かれるとは、思いもしなかったからである。考える間もなく娘は「よんじゅういちよ」と言いかけ慌てて「ママも三つよ。木の羽ちゃんといっしょなの!」「だってママは木の羽より大きいでしょ? だから三歳じゃないでしょ!」となかなかの突っ込みだ。

すると娘がこう言った。「木の羽ちゃんは生まれて今三歳でしょ。ママも木の羽ちゃんを産んで三年。お母さんになれて三年だから三歳なのよ」。すると木の羽が「そうか、そうだね。木の羽が三歳になったからママも三歳になったんだね。ママ良かったね! 三歳になれて」。

この親子の会話を聞いていてなるほど、確かに子どもを産んだからこそママになれたのだ。つまり子どもが成長する年齢に合わせて、一つずつママも年齢を重ねる。今年は私と娘にとって思い出深い母の日になった。

因みに母の日に母親自身が一番欲しいものは何？　というアンケートをとると、断トツ〝自由に使える時間〟だという。確かに娘を見ていると、子ども達を椅子に座らせ、さっさと食事を作り、それをテーブルに置くと直ぐにお風呂に入れる準備、明日の保育園の準備、洗濯物の片付けなどバタバタとしている。食事も台所で立ったまましている。

こんな毎日が続くのである。男の私には分からないママとしての戦いが延々続くのだ。まさにそれはワンオペ育児、頑張れママ達。

ノラ猫の夢

十年くらい前まで、朝起きてすることは駐車場の猫の糞取りだった。砂が風で舞い、ちょうどブロック塀の所に留まる。そこにノラ猫達が糞をするのである。ビニール袋を片手に持ち、スコップでそれに入れる。猫避けの粉などを撒いたが効果は無くうんざりしていた。それでノラ猫が嫌いになってしまった。

その後、街には「猫に餌を与えないでください」という看板が至る所に立った。それは〝可愛いからといって餌をあげないでください。餌をあげると子猫を産み、また糞をして街が汚れます〟というような文面だった。「そうだその通りだ！」と思いながらその看板を通り過ぎていた。

ところが最近猫の糞をほとんど見かけなくなっていた。だからといって今猫の数が減っているという訳でもなさそうである。街を歩いていると餌をあげている人を見かける。それも大きな器に餌を入れ、堂々とあげているのだ。何ということだと憤慨していた。その猫を見てみると中には耳が片方一部V字になくなっているのに気付いた。誰かがイタズラして切ったのだろうと心を痛めていた。するとある日、新聞にその訳が書いてあった。

宮崎の飲食街のニシタチには、二百匹以上のノラ猫がいる。以前から捨て猫や糞尿による悪臭を巡る苦情が絶えなかった。

二〇一七年夏に「飼主のいない猫の対策事業」が発足。ノラ猫でもきちんと管理をするならば、無償で不妊去勢手術をするシステムが出来た。

「上野町猫食堂」は二カ月毎に猫を捕獲して不妊去勢をし、元の場所に戻している。また、餌をやる店は必ずトイレを設置するようにしているという。それで猫の糞を目にすることが少なくなったのだ。そんな活動をされているとは全然知らなかった。〝ノラ猫との共存共栄〟をスローガンにしているので、ますます迷惑をかけるノラ猫が少なくなってくるだろう。

今や空前の猫ブーム。ネコカフェに行かなくても、街で安心してノラ猫と接することが出来れば良いと思う。因みに山形屋の裏にもたくさんの猫がいて、猫好きがまるで自分の飼い猫みたいに抱っこをしている姿をよく見かける。これもペットとしての一つの生き方かもしれない。

因みに〝ノラ猫〟と〝ドラ猫〟の差って知っていますか？　ノラ猫というのは街をウロウロする飼主のいない猫。ドラ猫とは人の目を盗んで魚を咥えている猫だそうだ。確かにサザエさんのタイトル曲の猫は、魚を咥えているからドラ猫なのだ。

アズ・タイム・ゴーズ・バイ

先日イトコ会が開催された。その際に何か出し物をと依頼された。そこで何をしようか考えた末に、弾き語りをすることにした。そこで久し振りにギターをギターケースから取り出してみた。

そういえば昔はよくギター片手に歌っていたことを想い出した。そのスタートは高校時代。同級生とバンドを組み楽しんだ。当時は沢田研二のタイガース、萩原健一のテンプターズ、堺正章のスパイダースなどのいわゆるグループ・サウンズや、外国ではベンチャーズ、ビートルズなどが活躍していた。当時はギターケースを片手に歩いていただけでモテた時代だった。ましてやギターを弾けるなんて皆の憧れだった。だから当時の若者は皆ギターを練習して女の子にモテようとしていた。そのために同級生はほとんどギターを弾くことが出来た。

大学に入ると四畳半フォークというものが流行った。「神田川」「学生街の喫茶店」「戦争を知らない子供たち」といういわゆるシンガーソングライターブームである。新宿駅構内などは、週末になるとギターを抱え歌う若者で埋め尽くされるという熱狂ぶりだった。

その後、何時でも何処でも弾けるようにとギターを何台も買った。それは一万〜二万円の安物で中古のいわゆる初心者向けであったが、素人の私にはそれで充分であった。それを室内インテリアとして飾っていた。その後、開業したのを機に、忘年会のトリの出し物としてギターの弾き語りをすることにした。最初の年、長渕剛の「とんぼ」を歌ったら大好評だったので、次の年から調子に乗って毎年やっていた。しかしその後はもう飽きられてしまい、誰も聴いてくれないので歌うのを諦めた。そのうちにギターはケースにしまわれたままになった。

久しぶりにギターを手にするとなかなか左指が上手く動かない。それでもしばらく練習しているうちに少しずつ弾けるようになった。

さて当日四十人くらいのイトコの前で上手くいくかどうか不安だった。歌った曲は「無縁坂」「いちご白書をもう一度」「岬めぐり」の三曲である。まあまあ受けた。そこでまたギター弾き語りを再開しようと図々しくも思っている。その時はお声をおかけください。いつでも出掛けて行き、弾き語りしますから……。

戸田淳子

フィナーレはこの花で

フィナーレはこの花で

あの時、私は、横浜駅のホームを歩いていた。

電車からはき出された大勢の人に押されながら改札口に向かっていたら、ふと何かに呼ばれたような気がして振り向いた。

視線の先にポスターがある。近づくと、桜の写真に添えられた「フィナーレはこの花で」の文字が見えた。その言葉に釘付けになった。

これが私を呼んだのだ、と思った。

その瞬間三日前に亡くなられた山下道也さんの顔が見えた。昨日、桜の花の舞う中で永遠のお別れをしてきたばかりである。

先年、友人のMさんにあるパーティーに誘っていただいた。会場の入口で「何の会ですか?」私はMさんに聞いた。その返事は、周りの声にかき消されて聞き取れなかった。「主催者はどなたですか?」Mさんが指し示した先に八十代とおぼしき男性が会場の隅の椅子の背にゆったりと体を預けておられる。笑みを浮かべたその表情は、心の底からその会を楽しんでいるふうに見えた。

宴は始まったが会場を見回しても、司会者らしき人の姿は見えない。そのうち、一人、また一人と誰かが勝手にマイクを持ち自分の仕事やボランティアの活動報告をされた。それを聞いている人、隣の人と喋っている人など、てんでバラバラ。

やがて二十人ほどの若い人達が入場してコーラスが始まった。「時代」「オー・シャンゼリゼ」など新旧の歌を七~八曲歌い、終わると何も言わずに、そっと退場された。

二時間ほども経ったろうか?　ふと気がつくと主催者の男性の姿が見えない。空席も増えていつの間にかパーティーは終わった。実に不思議な会だった。

この会の名称は「スローライフの会」だと、後で聞いた。その時ようやく、あの不思議なパーティーの趣旨を自分なりに解釈し、納得した。今から二年前のことである。

このパーティーから何日か経って、分厚い封書が届いた。送り主に「『こんとん座通信』山下道也」と印刷してある。

中には十枚綴りの『戦争放棄に関する幣原文書』の冊子とB４用紙の裏表にびっしりと文章が詰まった『こんとん座通信』が数枚入っていた。

『幣原文書』の難しさはもとより、『幣原文書』についての山下さんの解説があまりにも難しい。二読、三読してもよく解らない。仕方がないので裏面を見る。「『次元処理』の題名で人間関係についての記述があり上下と水平は二次元、対等は三次元となり、三次元には二次元も含まれる。このような考えを私が『次元処理力』と名付けました」とある？？

読むほどに、私の頭はこんがらがって混沌の森の中へ迷い込んで行った。

さらに、手書きのメモが挟んであり「この文章の感想を書いて送ってくださると嬉しいです」とある。困ったことになったと思った。

喉に何かがつかえたような気分の一週間を過ごし、やがて半月が経った。ずっとそのままにしているのも失礼だと思ったので、勇気を出して電話した。「感想は書けないのでお詫びにだけ伺います」。

山下さんとおぼしき人の声で「水曜日に皆が集まるからその日にいらっしゃい」と言われた。

指定された日に伺うと、スローライフの会の主催者・山下道也さんが玄関で出迎えてくださった。

リビングの大きなテーブルを囲んで五～六人の方が何か討論しておられた。

促されて私も椅子に座る。私の訪問で中断していた討論がまた再開され、今、人々の間で問題になっている韓国の慰安婦問題や、トランプ大統領の言動、また出席者の身近に起こった事柄まで、多彩な疑問がテーブルを挟んで行き交う。

山下さんはその一つひとつを真剣に聞きながらも、結論は言わず、時々「逆に考えてみたら?」とか「そうとも言えないよ」などヒントのような短い言葉をポンと皆に投げかける。するとと皆さんが、また考えを巡らす。

そんなやりとりが続き、瞬く間に二時間ほどが過ぎた。

マスコミによる情報過多の昨今、自分の言葉で丁寧に疑問を解いておられる目の前の光景にすっかり魅了されてしまった。熱いものが体の中を駆け巡った。こんな場を私は求めていたのかもしれない。お詫びに行ったはずなのに帰る頃には「来週も伺います」と言っていた。

あの日から、毎週水曜日のこの勉強会が楽しくてわくわくしながら通った。

山下さんは高校の英語教諭を定年退職後、昭和六十三年に投稿誌『渾沌（こんとん）』を創刊し、多くの書き手を育てた。平成十五年に五十号で終刊。

その後は社会の出来事への意見を、『こんとん座通信』を通し多くの県内外の会員に発信し、本県の文化の向上に貢献されたと聞く。

絵画、音楽、文学など幅広い分野で論述。「歯に衣着せない批評ぶりが時には世間の反感や無視を招く面もあった」ことは、新聞の追悼の記事で知った。

往年の健康優良児を彷彿とさせる豊かな体軀に変調が生じたのは平成三十年九月であった。あっという間に六カ月が過ぎ、桜の精が奪い去ったと思うほどの速さで四月一日に、九十二歳で、あの世に旅立たれてしまった。

桜吹雪の舞う日だった。

最後にお会いしたのは二月下旬、県病院の病室。

その日はとてもお元気に見えた。

自分は間もなくいなくなる、と前置きし、「スローライフの会」と、その準備会である

「水曜の勉強会」は、ぜひとも続けてほしいと言われた。

「山下先生のいない会を続けるのは難しいのでは？」と思ったまま言った。

「指導者がいなくとも、皆で意見を出し合って続けるのが民主主義なんだよ」と言われた。何度も言われた。

あの病室でのやりとりから、もう半年が過ぎた。山下さんから渡された宿題をそろそろ皆で考えなければと思う。

出会いから亡くなられるまで僅か二年間の縁ではあったが、ものごとを深く考えることの大切さを学んだ。

出会えてよかった。十七年間続いた『こんとん座通信』は、亡くなったその日が最終（九十五）号となった。その全号を先日、お仲間から譲っていただいた。五十号続いた投稿誌『渾沌』も何冊か手元にある。いい宝物ができた。

四月三日のお別れの日は満開の桜の花びらがはらはらと地面に散り敷いていた。

私たちは名残の花びらを背に受けながら、万感の思いを込めて山下さんをお見送りしたのだった。

そして、その一カ月後には元号が令和となった。

中武　寛

いのち

いのち

1　夭折――あの子――

原稿用紙のマスが埋まらない。思い倦《あぐ》ね、窓の外を見遣ると、走り梅雨の中に西都原台地が翳《かす》んで見える。ふいに、還暦を過ぎた頃、故郷の道を歩いた日の景色が重なった。

春霞が漂う杉木立の小径を歩いていると、遅い朝日が木の幹を縫って射して来た。立ち止まる足元に白い野の花が一輪咲いている。何気なく手折ろうとすると、花びらの水滴に宿った陽の光が私の手を止めた。朝露に栖《すみか》を求めた短い命が、右上肢の力を奪ったのだ。木の芽風が梢を揺らした。野の花は、風の微かな気配を感じ、朝露は花弁から滴《しずく》となって陽の光と共に地面の一点を濡《ぬ》らした。

小児喘息の息子を背に、この山道を走った一人の母親がいた。小さな胸の鼓動が彼女の背中を熱く激しく叩き、波となって胸奥を占める。彼女は、我が子の名を呼び続け、冬の夜も雨の朝も医者へと走った。その子は、何処かキラリと光る利発な子どもだった。二歳になるとラジオから流れる流行歌を何時の間にか片言で歌うようになっていた。

♪♪これが銀座のカンカン娘♪♪　この歌ばかりは、幼児語とは思えないほど正確な歌詞で歌った。あの歌声が今も耳から離れない。五人兄弟妹の末っ子に生まれると間もなく父親が入院し、祖父が倒れた。母親には、幸薄いあの子が人一倍可愛かった。

あの子は、春めく日の昼過ぎに発作を起こした。母親は、何時ものように我が子を背に、今にも止まりそうな激しい息遣いに合わせて必死に走った。中学生の私は、太陽が西に傾くなかを、母に後れを取らぬよう駆けた。

「こんなことは今まで何度もあった。だが、お前は病気に勝ってきた。神様が守ってくれる。しっかりしておくれ。もう少しの辛抱だから……」。村の診療所に近づいたとき、あの子の息遣いが優しくなった。次の瞬間、幼子の時間は止まり、再び時を刻むことはしなかった。夢中で自分の生命《いのち》を吹き込む母親の努力も空しく、あの子は激しく、そして静かに逝った。

力を失った幼い両目が次第に濡れてきた。母親は、頬を伝う幼子の涙を一頻《ひとしき》り啜《すす》った。やがて、母親の頬は小刻みに震え、私の周囲から全ての音が消えた。今でも、あの空気が胸の中で振動となって遠い記憶を呼び覚ます。

「あの子」は、長兄の私と一回り歳の離れた末の弟である。ところが、何処にもあの子が生きた痕跡がない。写真一枚残っているわけでもない。手に触れることが出来るのは、戒名が墨書され、仏壇に収められている位牌くらいだ。西都原運動公園に接した市営墓地に、我が家の「家累代乃墓」があり、黒い石塔の横に建てられている霊標（墓誌）に、あの子の俗名が刻まれていて、墓参の度に私の胸を締め付ける。

古いアルバムに、昭和十三年頃に撮った家族写真が見つかった。曾祖母、祖父母、両親及び父方の叔母が澄まし顔で写っている。その中に、二歳足らずの男の子が母親の膝に立って抱かれている。その子が、夭折したあの子に良く似た私である。

全員の目線は、寸分の狂いもなくレンズを凝視し、祖父に引かれた飼い犬までもが同じ目をして収まっている。辺境の地に、数日掛けて撮影して回った街の写真家は、一度しかない一瞬のシャッターチャンスを切り取って今に残してくれた。写真の家は、今は廃屋となってしまったが、あの一枚が私の心象風景の一コマとなって今も生きている。

命の価値は、生きた時間の長さで計ることは出来ないにしても、あの子のいのちは余りにも短すぎる。

2　長寿――その母――

その母は、あの子を失ってから半年の間に義父を介護の末、看取った。そのうえ、夫は、日を措かずして自宅から遠く離れたサナトリウムで独り寂しく逝った。二人は、夫婦として最期の言葉を交わすことも、眼を合わせる距離も同時に失った。彼女の元に帰ったのは、掌《てのひら》に載るほどの骨壺だった。

母には、悲嘆に暮れる時間《とき》さえ許されなかった。私たちは、母子家庭の生活を余儀なくされたが、それほど惨めな思いはしなかった。

私の生家は、軒を並べる家並みはなく、隣家とは声が届かない距離にあった。それでも、一旦緩急あれば直ちに駆けつける集落に住む人々の集団が出来た。地縁社会が生きていたからだ。それでも、生活には困窮していたに違いない。そんな境遇のなか、家族のために母は辛労を尽くした。

私たち兄弟妹は、あの子を母の前で話題にすることを避けてきた。母は、あの子の思い出話はよく語ったが、最期の様子は終《つい》ぞ話すことはなかった。

母の認知症に気が付いたのは、母が卒寿を前にした冬の昼過ぎだった。運転中に携帯電話が鳴った。「君の家から煙が出ていた。一応消したが直ぐに帰った方が良い」。偶々《たまたま》、我が家の近くに来た友人が発見し消火した、という。「小母さんは、情況が理解できていないようだ。手遅れにならないうちに、今後を考えた方がよさそうだぞ……」。母専用の小部屋に、お茶好きな彼女のために簡単な水回りを設《しつら》えたのが反って災いを呼んだのだ。

「何時来たのかい？　兄《あに》さん。ご飯の用意をしないと……」

仕事帰りに老人病棟を訪ねる私に、母は同じ質問を何度も繰り返す。

「長くは居《お》られないよ。仕事があるし……僕は貴女の息子！　兄《あに》さんではありませんよ」

その都度、つれない返事をしてしまう。言葉の掛けようもあったのに、と歳を重ねる毎に後悔一入である。

母が、老人病棟で九十三歳の生涯を閉じたのは、あの小火騒《ぼや》ぎがあってから五年も経っていた。「どうせ死ぬのなら、せめて寝起きに霧が流れる前の山を見ながら逝きたいものだ」。母は、あれほど嫌った「死」を口にするようになった。言外に「あの子が逝ったあの山間《やまあい》の同じ空気を吸って終わりたい」との願望が含まれていたのだろう。しかし、その願いを叶えさせてやることは出来なかった。

母が肌の手入れをする姿は、見たことはないが、死顔《しにがお》は張りを残し実に穏やかだった。

3　牛の精巣剔除《てきじょ》――断種――

父は、農学校在学中に高農（旧制高等農林学校）無試験入学の機会を得たが、家の跡継ぎという事情から養父は頑として入学を許さなかった。以来、養父とは折り合いが悪く、家庭も安泰ではなかった。そんな家に母は嫁ぎ、夫に従って生きた。

獣医師の父は、「馬医《ばい》」と呼ばれながら、専ら使役牛の去勢が主で、生業としては成り立たなかった。偶に、庭の片隅で牛の「自然交配」が行われた。その時ばかりは、村人が集まり声を殺して成り行きを見定めたものである。肝心な場面（種雄牛《しゅゆうぎゅう》との「本交《ほんこう》」）になると、村人が寄って集《たか》って、私たち子どもが見るのを遮った。

父が施した牛の去勢は、外科的手術による精巣《せいそう》（睾丸）剔除《てきじょ》の「観血《かんけつ》去勢法」によるものだった。手術の夜は、切除した部位を肴に我が家で宴が張られた。料理中の母の顔は、何時にも増して晴れなかった。レシピは「煮玉《にだま》」一種類である。一度だけ口にした。手術中の牛の呻き声と重なり、少年の私に植え付けた記憶は苛烈を極めた。あの呻きは、雄として断種に対する拒絶の叫びだったに違いない。いま思えば、牛の両目に光るものを見た気がする。メスを持つ父に向けた哀訴《あいそ》の涙ではなかったのか。今でも私の心を苛む。

若い頃、東京新橋のガード下に下手物《げてもの》を食わせる店があった。同行の友人は、珍味だと言ってあの煮玉を勧めた。躊躇すると、鱈の白子と同じだ、と酒の勢いを借りて強要してきたが、こればかりは箸が付けられなかった。

4　二つのいのち

母は、小児喘息で苦しんでいるあの子を背負い山道を走った。そのことが、幼子の気管を圧迫し、気道狭窄が原因で死を早めたのではないだろうか。家での安静が正しかったのではないか。谷の清水を口移しにあの子の唇を濡らし、人工呼吸を試みた方法が適切だったのか。今は疑問が残る。それでも、正しい蘇生の知識を持たない母親が取った鬼気迫る行いに代わる術を、当時の私は持っていなかった。わが子の死を確かめると、慈母の顔を取り戻した母を忘れない。

確かに、あの子が生きた時間は、僅か二年余りで長いとはいえない。しかし、あの子は、純粋無垢の魂のまま確かにこの世に存在した。

その母は、「楽あれば苦あり、苦あれば楽あり」が口癖だった。どんな苦難にも耐えた女性《ひと》だった。「忍耐」の文字は、彼女のために用意された言葉だ。それでいて、「死」を忌み嫌う人でもあった。僅か半年の間に三人もの家族を失ったのだから無理もあるまい。

『死を見つめる心』(岸本英夫著)の表紙裏面に――幸福の絶頂にいても、絶望の底に喘いでいてさえも常に死の影に戦く――と、青年の頃書いた私の走り書きが残っている。

母は、認知症を患った代わり、死の恐怖など全ての苦悩から解放もされた。死の影に戦くことなく天寿を全うしたのである。

あの子の名は「昭光《あきみつ》」。その母の名は「土枝《つちえ》」。あの子は光となって辺りを照らし、その母は土となって大地に帰り、存分にあの子を溺愛していることだろう。梅雨晴れの窓越しに西都原台地を眺め、そう思う。

中村　薫

心の花
「ほつれ等難あり」

心の花

イペーの花が咲いた。

目が覚めるような鮮やかな黄色の花だ。ハンカチのようにひらひらとした花びらが、光を反射して輝いている。

まだ冬景色のままで寂しかった「僕の庭」はパーッと明かりが射したように「明るくなった」。

イペーは南米原産の花木で、花言葉は「秘密の恋」だそうだ。これだけ目立つ花のくせに

「秘密の恋」はないだろう。吉永小百合とデートして秘密を願うようなものだ。

二年前に植えた苗が少しずつ大きくなり、枝も伸びたので、「今年は咲くかも」、と楽しみにしていた。

苗を植えてから、特に可愛がりはしていなかったつもりだったが、結構気遣っていたようだ。支柱を立てたり、気まぐれに肥料を与えたりした。台風の時はその軟らかい枝が右に左に振り回されるのを、折れはしないかと窓ガラス越しにハラハラしながら見守り、台風の後は、支柱を立て直していた。

樹の前に立って花を見ていると、

「咲いたね」

と、いつの間にか家内が横に来て話しかけてきた。

庭のことはほとんど興味なさそうにしていたくせに気が付いていたようだ。僕の「秘めた恋」はとっくにばれていたのだ。

花が咲いてから、朝夕に眺め、休みの日は庭の草むしりをしながらイペーと共に過ごした。時折、アゲハチョウがひらりと訪れて、あちらこちらと花を巡った。

花を楽しんでいる間に日射しも徐々に強くなり、とうとう黄色の花びらは散り落ちてしまった。そして花だけだった枝には新しい葉が開き始めた。

イペーが明るくしてくれた庭だが、その花が散ってしまっても「僕の庭」は寂しくはならない。据え置きのユリは背を伸ばし、宿根のガーベラはオレンジ色の花を咲かせ始めた。アジサイの株は肥り、去年より多くの蕾をつけている。シキミの樹も春芽を伸ばしている。「心の花」は積み重なる。ふと何かの拍子に花たちが眼の前に浮かんでくる。今年はイペーが加わった。季節は巡り、また次の花が咲いていくのだ。

「ほつれ等難あり」

ベースアンプを買った。

アンプとは、エレキギターの弾き手の後ろに置いてある、ギターにコードで繋がっているあの箱だ。

ギターの中にあるマイクで拾った音を大きくして、箱についているスピーカーから出す機械である。エレキギターばかりでなく、今ではバイオリンをはじめ多くの楽器でこのアンプは利用されている。

私のウッドベース（コントラバス）はバイオリンのお化けのような楽器で、それだけでも音は出る。しかし、広い場所で音を出すときや、仲間と音を合わせるときにはアンプが必要になるのだ。アンプはひとつ持っていたが、買い替えることにしたのは、音質がもうひとつであったことと、自分の背より大きいウッドベースを抱えながら他方の手でアンプを抱えて歩くのが大変だったからである。

いろいろ雑誌やネットで調べてみると、フィルジョーンズというメーカーのものが音質良く、小型で持ち運びしやすいこと、価格もそう高くないのでそれに決めた。

しかし、都会の大学に進学した子ども二人の学資と仕送りに四苦八苦の最中の私の小遣いでは手が届かない。そのため、インターネットで私の懐具合にかなう中古の品を数か月かけて辛抱強く探したのだ。

アンプが届いてすぐに音を出してみた。探したかいがあり、楽器本来の音に近い、丸みのある音に大いに満足した。仲間との次の音合わせに早速持参し、その感触を楽しんだ。

だが、付属のキャリングケースの持ち手の帯の縫い目がほつれていて、持ち運ぶには下から抱え上げねばならなかった。購入するときは中身のアンプが重要だったので「ケースにこすれ・ほつれ等難あり」という断り書きは気にも留めていなかったが、持ち手がほつれているのでケースが安定せず、上から提げることができないのだ。いくら小型とはいえランドセルの一・五倍くらいの大きさなので持ち運びに困り、修繕することにした。

まず、家内にミシンで縫ってくれるよう頼んだ。しかし布地が厚く、箱型に成形しているケースは家庭用の小さな電動ミシンでは布送りが難しく、手伝ったが何度か針が折れそうになった。

「これはもう手縫いやね」

と、家内からあっさり戦線離脱を宣言された。

同盟国にフラれたので、近くの第三国、母を頼ろうかと考えた。以前、楽器本体の布ケースの補修を頼んだことがある。人間が入るくらいの大きなケースだが、頼まない部分まで細かく針を進めてくれていた。頼めば喜んで引き受けてくれるだろうが、前回から歳月も経っており、甘える気にはなれなかった。

そういうわけで、今回は自分で縫ってみることにした。安全保障条約で頼りにしていた同盟国に見放されてしまった以上、自国の問題は自力で対応するしかない。

私の世代は今と違い、小学校の五・六年の二年間しか家庭科を学んでいない。学校で習った粉吹き芋を台所で作っていたら「男子厨房ニ入ラズ」、と戦前生まれの父はよい顔をしなかった。しかし、家庭科のおかげで出張先の宿ではアイロンを借りるし、味噌汁だけはなんとかこしらえることができる。授業では、足踏みミシンが足と手によってメカニカルに動き、足でその動きを調節できることが面白かったのを特に覚えている。

今回、手縫いしようと決めたものの、これまでやってきたのはシャツのボタン付けや、少しのほつれを繕う程度だった。慣れた人なら容易なものだろうが、私にとっては大きな挑戦であった。

戦線離脱した同盟国から「こんな厚手用の針は備蓄していないよ」と自前の調達が必要であることを告げられたので、厚手用の針とケースと同色の黒糸という武器を調えた。ところが、キャリングケースとの格闘は、つば競り合いからつまずいた。

針穴に糸が通らないのだ。

老眼だ。

細かい物や暗隅の物は見えにくくなってきていたが、日常生活に支障はないため老眼鏡をまだ「装備」していなかったのが災いした。

虫眼鏡を持ちたいが、手は三つ無いので持つわけにもいかず、糸先を舐めなめ、息を止めて針穴を目指すのである。何度も挑戦してやっと糸が穴を貫通する。それだけで汗をかいてしまう。この作業に多大な時間を要したのだ。

糸が通って、やっと玉結びだ。いよいよ本格的な格闘が始まった。まず、持ち手の帯をケース本体に縫い付ける。ケースの内側から外に針を通す作業が特に大変だった。暗闇であるケースの内側から、外側へ針を通す位置の三次元的な把握が難しい。「もぐらたたきゲーム」ではないが針があっちからこっちから外に出てきて、迎える指が危険極まりない。おかげで縫い目の幅はまちまちだ。それでも、なんとか外側の糸目は真っすぐに縫うことができた。

糸が短くなり、継ぐ前に最後の玉留めをケースの中でするのだが、太い腕が二本入るとケースの中が見えないので手の先の感覚でやるしかない。終わって覗くと糸が余って結ばれている。アンプを出し入れする時に糸が引っかからないように、「埋設処理」で証拠物件を縫いこんで隠滅するのだ。余計な作業だ。おかげで箱の内側は見られたものではない。

そんなこんなを繰り返してなんとか持ち手の帯が済んだ。さらに布地のほつれたところを纏い、取れてしまっていた底のプラスチックの鋲を取り付け、夜なべ数日を要したキャリングケースとの格闘は終結した。

満足にはほど遠いが、街で見せびらかすわけでなし、黒くて目立たないので十分、と自分を納得させた。

同盟国を当てにはしていなかったが、ついに最後まで救援には来てくれなかった。

出来上がったケースを見て、

「わぁー上手じゃが。しっかりしちょるわ。あんたは私がおらんごつなってん大丈夫じゃね」

と、他の分野における安保条約の破棄までもちらつくような言葉で、私を褒め称えた。

その後、キャリングケースは十分に働いてくれ、前のアンプより出かけることが多くなった。何でも修繕したりすると愛着がわいてくるものだ。楽器とそのケース、そして同盟国との付き合いはほぼ同時期からで四半世紀を超えた。

新しいアンプとキャリングケースも、これから長い付き合いになりそうである。

中村恵子

幸せになろうよ

昨夜のことだった。

その日は特別に何かを重く考えていたわけではなかったが、寝返りを打った瞬間に言葉がパラパラと落ちてきた。「どんなときが幸せで、どうしたら幸せになれるのかな」と四角い部屋の真っ暗な空間にそのフレーズが上から私のほうへ向かって何度も落ちてくる。なんだろう、この感覚、嫌だな、まただ。眠気がスッと消え失せた。いやな感覚を断ち切るために寝るのをあきらめてエイっと起きあがり、リビングに行った。こんなときは無理に寝ようしないことだ。それこそ落ちてくる言葉につかまって暗闇からよけい出られなくなってしまう。

ずいぶん前にも似たようなことがあった。夫も娘も息子もいるのに、何故かこのままずっと私は独りなのかなと不安になったことがあった。不思議な夢をみて、あれは何だったのだろうと感じる、妙に現実的で、でもそうでないような感覚だ。実際には独りじゃないから大丈夫なんだと言い聞かせてみても、不安感を取り払うことはできなかった。私は三十代で母を病気で亡くし、その十数年後に父も闘病の末、亡くなった。しばらくは両親がいない寂しさをどうしても消せなかったのだ。

七月末に私を可愛がってくれた伯母が九十四歳で亡くなった。私の母の一番上の姉だ。「宮水流のおばちゃん」と呼んでいた。私の勤務先が宮崎市に替わったときに、夫は鹿児島市に単身赴任中だった。私は子どもたちの学校のことを考え、二人を連れて宮崎市にある会社の社宅に引っ越した。宮水流のおばちゃんは、そんな事情を知っていて、週末に小林市に帰る私に「小林に帰るときには野菜を準備しておくから寄らんね」「晩のおかずがあるが、持って帰れ」と電話をしてくるなど、母親のようにあれこれ気遣ってくれた。

宮水流のおばちゃんの葬儀で、七十歳を過ぎた従兄（叔母の長男）が私を見るなり「恵子」と言って顔をくしゃくしゃにして泣き始めた。幼いころから従兄をひろし兄ちゃんと呼んで親しんできた私も「ひろし兄ちゃん」と言うなり、悲しみがこみあげて涙がこぼれた。ひろし兄ちゃんは母を亡くして泣いていた私の姿を思い出したのだという。「あのときはわからんかった」。従兄は働き者で優しかった母親を亡くして初めて私の二十数年昔の悲しみがようやく理解できたというのだ。悲しみが増幅して私もひろし兄ちゃんも泣いた。

それから二カ月ほど経ち、伯父が亡くなった。母の二番目の姉の夫だ。伯父は車の運転が好きで家族の心配をよそに遠出をし、よく車に傷をつけて帰ってきたと聞いていた。警察から呼び出しがきたり、自動車修理の人が訪ねてきたりと家族は心配の連続だったようだ。大きな事故を起こしては取り返しがつかないと、伯父に運転免許証を返納させるのに家族で苦労したと、従弟が親族を代表して挨拶するときに声を詰まらせながら語った。伯父も宮水流のおばちゃんも同じ九十四歳だった。

「どんなときが幸せで、どうしたら幸せになれるのかな」というフレーズが昨夜、私の脳裏に流れたのは、このふたりの人生を何気なく思ったからかもしれない。

叔母は満州で敗戦をむかえた。満州から家族とともに引き揚げてきた。二歳の長女とお腹にはひろし兄ちゃんがいた。髪を短く切り、男の身なりをして宮崎まで帰ってきたことは聞いていたが、決してそれ以上の話は詳しくは語ってくれなかった。十人兄弟の長女の叔母は幼い兄弟の面倒をみたり、夫の帰りを待ちながら子どもたちを育てたりと、宮崎に引き揚げてからも、おそらく私が「ふんふん」と軽く菓子でも食べながら聞いてはいけないような、想像もつかない苦労があったにちがいない。大らかで働き者だった叔母の生き方の強さはこんなところにあったのかもしれない。

伯父は敗戦の年にソ連軍捕虜としてシベリアで長期にわたる抑留生活と強制労働を強いられたと、親族挨拶のときに聞いて初めて知った。しかし、無口で穏やかな伯父から直接戦争体験を聞いたことはなかったので、私は衝撃を受けた。厳しい寒さの中で満足な食事や休養も与えられず、過酷な労働を強要され、多くの抑留者が亡くなったことは、歴史の教科書などからの知識としては知っていたが、身近にいた伯父がそんな悲惨な体験をしていたとはまったく想像もできなかった。

私は、幼いころ、この伯父の家に一時預けられていた。それは古びた絵本をめくるような記憶というのだろうか。昔の家だから少し薄暗く、奥の部屋に佇む長身の影がスッと動いた。つい目が引きよせられる。私は土間の上がり口から顔だけ出してみていた。その影は剣道着を着た伯父だった。張り詰めた空気を乱してはいけないということだけは子ども心に何となく感じ取っていた。伯父は刀剣を下に構え、勢いよく、いや、優雅に振り上げた。何か短い言葉を発し刀剣をおさめた。私は身動きできなかった。

そのあと、伯父と会話したのかさえ覚えていない。記憶の片隅に残ったのはこの刀剣を構えた姿だけだ。

法事のときに従弟にこの話をしたら、しばらく考えて確かにそういった刀剣をもっていたと重く口を開いた。もしかしたら口にしてはいけないことを私は聞いたのかもしれない。勝手な想像だが、刀剣を構えた伯父の姿、そこには日本軍兵士という気構えがあったのではないかと思った。そういえば、従弟は中学・高校と剣道の選手で活躍していた。

今年になって戦争の悲惨さを訴え続けていた著名人が次々と亡くなった。戦争を体験した叔母や伯父のように名もなき世代が、戦後の今の時代を築いてきたのだ。その上に安穏としている私がいる。私は私に「何だ」と怒りのような感情が湧いてきて胸のあたりがちくちく痛くなってしかたない。

叔母たちは引き揚げ後、家族を守るために苦しい時代を過ごした。家族が増え、取り戻したささやかな幸せの時間に、おかっぱ頭の小さな私がいて、兄弟のように育った従兄弟たちと遊びまわった日々が思い出される。その頃はそんな戦争体験があったことなど、幼い私には到底わからなかったが、九十余年を生きてきたふたりの人生は子どもたち、孫、ひ孫に囲まれて幸せだったにちがいない。だが、果たして、叔母と伯父はどのように幸せだったのだろうか？

戦争体験を決して語ることのなかった叔母と伯父は、心の奥底の悲しみや苦しみをどう乗り越えてきたのだろうか。私の幸せは、どう築かれていくのだろうかなどと問いかけていたら、ますます目が冴えてくる。

幸せだから、そんなことを簡単に思うのかもしれない。昨夜、突然流れ落ちてきた「どんなときが幸せで、どうしたら幸せになれるのかな」というフレーズは、しばらくは私の心の中をかけ巡り、私に問い続けて止みそうもない。

中村　浩

〝ひとりの老人と　くるまの話〟

〝ひとりの老人と　くるまの話〟

自宅から十五分でバス停留所へ、市内の三丁目で降りて用向き行先で南か北へのバスに乗り換える。宮崎市民は七十歳から老人パスが支給され、一回百円で乗降出来る。高鍋も西都までも一回百円のバスツアーである。昔懐かしいバス停に出合いながら、鬼付女川《きつきめ》、三納代《みなしろ》、そして道具小路《どうぐこじ》と高鍋に至り、西都線では、昔の広瀬駅前が佐土原駅前になり、徳ヶ渕、大渕とすぎる頃あの尾鈴山が優しげにバスを迎えてくれる。

バスに揺られながら、自分がハンドルを握って西都原を一周する様《さま》を思いうかべる。三宅《みやけ》の坂を降り都万《つま》神社に寄って、山角《やまずみ》から一ツ瀬川を渡る。眠気のきた頭の中で、もし自分が免許をとっていれば乗りたかった白い車を思い浮かべながら、とうとうこの齢になるまでハンドルを握ることがなかったことを悔《くや》むような気持ちでいた。

この春さき、高齢者運転の事故が相つぎ、そのニュースとともに高齢者運転の是非について世上騒がしい。

四月、元高級官僚だったという八十七歳の男性が暴走、横断中の母子《おやこ》を撥《は》ねて死亡させ、事故後の現場検証に覚束ない足取りで現れた姿を、テレビのニュースで見た。

私も八十七歳、昨年股関節の手術をうけてから、正常に歩いているつもりの自分の脚部の調子が、もうひとつ覚束ないこと。十分で歩いていたバス停までが十五分かかっていること、デパートのエスカレーターに乗るとき、乗った途端に足元がよろけることに気づき、自分の体の老いを覚えて慄然《りつぜん》としている。二〇一九年度「交通安全白書」によると、七十五歳以上の高齢者が起こした死亡事故は、免許証を保有する十万人当りの換算で八・二件にのぼり、七十四歳以下の約二・四倍に達したという。

私はこの年齢になるまで、くるまのハンドルを一度も握ったことがない。当時三十四歳だった私は、役員会の席上、社長から私ひとり免許証の取得を禁止された。理由は業務上全従業員の交通事故防止のため、という理屈だったが今にして思えば訳のわからない話。全社員が事故を起こさないよう教育管理する責任を負わされ、そのために私の免許証が人身御供として神前に供えられたような、ワンマン社長の独断だった。が当時、私自身もふかくそのことを気にしてはいなかった。

学卒後、大阪、東京、名古屋と公共の交通機関が発達している大都市圏ばかりで生活し、くるまを欲しいと思ったこともない。昭和四十（一九六五）年突然の社命によって、地方も地方、そのモデルのような土地である宮崎に帰ってきた。当時そのわがふるさと宮崎は、国鉄の駅と市内バスセンターは別居、町々を繋《つな》いで循環している街《まち》の姿ではなかった。当時、私は総務部長という職名をもらい、建築中のホテルの工事事務所にひとり駐在し、近くの旅館に下宿する三十二歳の単身赴任者。まず荷物も積めるライトバンを購入、運転士をひとり採用した。

社長から渡されたホテルの概要をもとに、工事会社の設計課長から設備の内容を勉強し、各係の定員などを勉強しているとき、社長の背後には東京新橋の第一ホテル土居社長がおられることが判明した。私は即時同ホテルの常務、上杉総務部長を訪ね、親しく巨細《こさい》にご指導をうけた。また宮崎観光ホテル松山総務部長は、戦時中の海軍兵学校のご出身とかで、諸官庁への届出から就業規則づくりなど、実務を細かくご指導をうけた。私が全くの素人ホテルマンで、総務部長として船出できたのはこの両氏に負うところが大きく、厚く御礼を申しあげねばならない。

ホテルが開業した昭和四十一（一九六六）年から、宮崎は新婚旅行ブームでホテルは連日満室の盛況で賑わった。ホテルのフロント、食堂など現場のサービスは、上杉総務部長のご配慮で五名の同社ヴェテラン社員の出向をうけ、新入社員たちへ指導と現業を担ってもらった。そんな時、昭和四十三（一九六八）年、社長は新しい事業を企画、それが宮崎市北部住吉神社社有林を開発するという「フェニックスグリーンランド」計画である。

ある日の午後、社長は私を助手席に乗せ、小高い丘の上で、

「こちらに動物園、右手の真中に二百室のホテル、あとはゴルフコースにクラブハウス」

事もなげに私に説明した。

後年「シーガイア計画」の端緒となる「フェニックスグリーンランド」の初めての社長からの説明であった。そしてその一帯の松林が住吉神社の社有地なので、その諒解をとりつける作業は佐藤久専務（故人・宮崎銀行出向）に指示してあるので、君はその指示をうけて仕事をすることの指示をうけた。

昭和四十三（一九六八）年神社側はフェニックス国際観光社、社長佐藤棟良を開発者として指名したものの、他に県外の競争会社もあり一部氏子のなかに異論も出て、専務は私に氏子総代たちへの接触を指示した。

農業が主の住吉地区の氏子の方々であり、当然訪問は夜間になり、焼酎三本くらいを一《ひと》括《くくり》にして門灯のない農家のお勝手口をさがして訪問した。

三つの地区の地区会の協議の当夜は、集会場の床下に這い込み、声高な氏子たちの協議の内容を聞き取ったこともあった。一緒にもぐり込んだ運転手の彼はこの住吉地区の出身で、〝あの声は氏子の○○だ〟とささやくように私に教えてくれた。その頃、早朝から深夜まで私につき合ってくれる彼に〝私もくるまの免許を取ろうか……〟と話したことがある。そのことは、社長の耳に届き、社長室に呼ばれた。

「中村君、君がくるまの免許をとることは先に禁止してある。あらためて社長命令として厳禁とする」

その頃、社員の交通事故死が二件相ついだ。一件目が女子社員で、教習所内の運転訓練から路上運転になり、夜間の訓練中に側溝に落ち腹部を挫傷、肝臓破裂で死亡した。その検死にも立場上深夜立ち会い、翌日教習所側との交渉にも家族に同席し、教習所側の時間外との抗弁に難儀した。

もう一件は大阪から着任したばかりの若い和食調理士で、夜遅く市内で飲酒しての独身寮への帰途、市内旭通りを横断中に赤いスポーツカーに撥ねられての即死だった。

住吉での新事業開発中、従業員は逐次増員中で、その人たちへの教育訓練はどうあるべきか、自分の指導力不足を悔みつつ、ひとり懊悩する毎日だった。

そうした中で昭和四十六（一九七一）年、グリーンランドは無事完成、開業した。

私もいつしか年齢も四十七歳になり、専務総支配人という立場におかれ、社内外での立場、生活も大きく一変した。

専属の運転手がつき、朝夕の出退勤はおろか四六時中、見張り役がついているようなもので、その上新任の総務部長は私の車に、連絡のためと称し車両電話をとりつけた。

接客業で事業所が七か所に分立し、その必要性は認めるものの、こんな窮屈《きゅうくつ》な日常はない。

私は社長に直訴した。仕事中は止むを得ないとして、朝夕の出退勤などは自分の自由時間にしたいので運転禁止の社長命令は解除してほしいと。

「ならぬ‼　まだ判らんのか、君は中村個人ではない！　組織の中の人間だ……」

この時の議論は、社長と専務の議論ではない。新入社員と主任の議論だと思った。

「――、私が会社を退《や》めたあとでは、免許をとり難い年齢になる。せめて免許だけでもとっておきたい――」と訴える私に、

「君が死ぬまで、君の足のことは会社が面倒をみる！　そのようにオレが遺言《ゆいごん》しておく！　タクシーのチケットも会社がすべてみる！」

怒ったように強い口調で、まだそんなことを言ってるのかという表情で、言葉を私に投げ

つけた。

後年、その社長はグループ会社のすべての支配権を投げ出し、私の足を確保してくれる彼の言う会社はすべてなくなっていた。


昭和六十二（一九八七）年リゾート法の成立をうけて社長はまたもや「シーガイア計画」を目論み、松形祐堯さんとふるさと宮崎への夢を語り合い、彼の掌握する全グループ社の総力をかけてと豪語し、勧銀グループのバックアップをとりつけ、当時総事業費二千億円という途方もないシーガイア計画をぶち上げた。

私は離れ難く去り難い思いをもちつつ、「この計画、あなたの構想では採算が合わず、いずれグループ社全体が崩壊する」と入社以来、初めて社長の考え方に反対し、独走する社長に、計画を撤回、縮小されないならグループ社を去ることを告げた。

昭和三十（一九五五）年社長面接をうけて入社以来三十五年、特に宮崎での二十年間にわたる観光業での仕事では、濃密な仕事を通して社長とその部下という関係を築いた。

彼はこの計画の第二期工事が完成し開業するまで協力を、と私を説得中、胸痛を訴え大動脈瘤破裂のおそれありとドクターストップがかかり、入院静養に入った。

当然、銀行は私への留任要請に入り、副頭取が代表取締役で入社する形で、私の退任を留保することを私に求めてきた。

文字にすれば数行で片づくこの時の成り行きは、もうこれ以上の経過説明はできない。私への運転禁止令も、シーガイア計画への加担要請も、所詮「人と人」という関係でしか理解出来ないのではなかろうか、とひとりバスの中で思いつづけていた。

野田一穂

怖い朗読会

毎年お盆前に「怖い朗読会」というイベントを開催し、今年で七回目を迎えた。正確に言うと八年目なのだが、途中一回はすべて用意が整った当日、台風が直撃し参加者の安全を考えて急遽中止にしたのだ。その時も風雨のなか会場においでくださった方が二組いらして、ありがたく申し訳ないという思いの中に、改めて告知しイベントをするということの責任を感じたものであった。残念だったあの年のその経験は、講演会やイベントを開催する際必ず忘れないように立ち戻る場所でもある。

「怖い朗読会」のコンセプトは、「背中を冷たい指がたどるような、上質の恐怖」。もう久しく町中に真の闇というのがなくなって、その中に安住することができた狐狸妖怪のたぐいは姿を消し、現代的な「怖い」という感覚は、狂暴で虐殺を好む怪物や人間性を捨てたサイコパスにとって代わられている。恐怖の形からも情緒が消えていっている。川の音に「あずきとぎ」を想像し、夕暮れの鳥の鳴き声に山に帰る河童の姿を思い描いた幼い頃の「怖い」思いが懐かしい。私は長く語り手として昔話を語っているが、昔話の中の怖さには、自然に対する畏敬がある。そうしたことも伝わるといい。また、図書館応援隊として日頃カウンターの奥で働いている図書館司書さんと親しんでもらいたい、そんな思いで始めた。

六年目までは、延岡市医師会病院跡にできたコミュニティセンターを会場にした。ここは元医師会病院だけあって、残業しているとラップ音が聞こえた、いないはずの階に人影が見えたと、とかく噂のあるところである。思い込みというか、ほぼマスヒステリーなのか、確かに毎回何か不思議な、と思われなくもないことが起きる。会の間中問題なく撮影できていたカメラが、終わった後の全員記念写真ではどうしてもシャッターがおりなくて、家に帰ったらちゃんと動いたとか、演出として立てる氷柱に人の顔のような影が映っていたとか。

極めつけと言えば、私が「怖い朗読会」の終わった深夜から耳の中に帯状疱疹が出て、その合併症でラムゼイハント症候群というものを発症し、そのまま一月《ひとつき》近く入院加療することになってしまったことである。主な症状である顔面麻痺はかなり改善したが、眩暈《めまい》はいまだに治っていない。その年の朗読会ではいわゆる呪いで体に人の顔をした肉腫ができる、という演目があった。私の発病を聞いた仲間は、そのことを思い出し、ぞっとしたと言う。

まちづくりセンターのギャラリースペースは音響もよく使いやすかったのだが、いささか手狭なので四十四名の人数限定にしていた。けれどもありがたいことに、この朗読会も夏のイベントとして根付いてきて、ここ三年ほどは告知する前に予約で埋まってしまうようになってきた。また三年前からはＭＲＴパーソナリティの薗田潤子さんが、この試みを面白いとボランティアで参加してくださるようになった。薗田さんの圧倒的な朗読をたったこれだけの人数で楽しむのはいかにももったいない。そうした事情で昨年から図書館の大ホールを会場に替えて、夕刊にも告知することができるようになった。図書館開催の昨年が「怖い朗読会」プロジェクト第二期の出発点だ。大まかにその記念すべき会を振り返ってみると、いろいろな変化が起こっていたことがわかる。

昨年図書館は百周年記念の年で、朗読会メンバーの司書さん達は図書館の行事が目白押しで参加ができなかった。昔話の研究会の仲間にその話をすると、メンバーＡさんとその甥御さんＴ君が参加したいという。Ｔ君は高校一年生で演劇部に所属している。Ａさんのご家族は芸能一家で、Ａさんご自身は若い頃劇団に所属していたし、お姉さんは延岡で地域アイドルのプロデュースをしていて自分も舞台に立つこともあり、息子のT君も歌や演劇のレッスンを受けていた。朗読会では持ち時間十五分から二十分で作品を選び組み合わせる。舞台美術はイラストレーターの友人が、音響はイベントを各種手掛けてきたおやこ劇場に所属する友人が引き受けてくれた。受付、連絡係も決まり、後は演者の仕上がりを待つばかりになった。

初めてということで、Aさん、T君と三人で読み合わせをする。元女優のAさんの喚起力は語りの場で知っていたが、T君の場を作る力は予想以上で、また朗読のために張った声はとても心地良く響く。ただやはり若いなあと思えることがあり、後でAさんとやはり読み合わせしておいて良かったと笑いあった。T君が朗々と読み上げる「リュウソデ」が何なのか、漢字を見るまでわからなかった。「留袖《とめそで》」だった。彼が日頃見ることも聞くこともない留袖は、読み方を教え、こんな感じの着物と説明してもピンとこないようだった。また「斜交《はすか》い」は全く読めず、そんな言葉は聞いたことがないと言っていた。若い人と交わるといろいろ発見があった。

朗読会当日は、六時半開場時から七時開演まで徐々に照明を絞り、定刻になったら狂おしく風鈴を鳴らし、「一行怪談」からとっておきの一文を読む。そこから洋物、現代物、和物、そして短い語りで締めて、休憩をはさんで、やや長めの現代物と最後は薗田潤子さんの圧倒的な朗読で幕を閉じた。

「お隣にいる人はご一緒にいらした方ですか？　確かめてくださいね。そしてお帰りは決して振り返ったりなさいませんように」

お決まりの挨拶で見送る。

前日怖がりの司書さんに「連れてくるかも」と言ったら「残業できなくなるじゃないですか、やめてくださいよう」と嫌がられたが、どうやら図書館までは何もついてこなかったらしい。何事も起こらなかった。

アンケートの感想は興味深いものだった。怖くなかった、少し怖かった、怖かった、とても怖かった、もう少し怖くていい、などの選択肢を設けたが、答えはばらばらで統計的な意味をなさなかった。怖さについての感度は人それぞれなのだと改めて思った。そしてハーモニーホールでの「怖い朗読会」二年目の今年、アンケートは感想をいただいて喜ぶだけのものではないという自明のことをしみじみ実感することになった。

今年は私の主催する読み聞かせボランティア勉強会「まほうのつえ」の二〇周年。その記念講演として児童文学作家岡田淳さんの講演を予定している。そのためお声かけのあった講座やおはなし会や学校主催の読書事業などは残らず受けて、その都度広報に努めている。岡田淳さんのお話は、視覚に流れやすい、聞いたり読んだりする楽しみのチャンネルが目に見えて消えて行きつつある子どもたち、そして親たちに、物語や本の楽しみを持つことの強さを柔らかく伝えてくれるからだ。年齢的にも幅の広い多くの参加者が見込まれるこの朗読会で、どうしてもこの講演のことを知ってもらいたかった。そのためにも今年は例年になく集客に力が入っていた。

図書館の司書さん二人が復帰し、AさんもT君も再び参加表明し、薗田さんをゲストに迎え、それから私と、総勢六名の開催史上最多のメンバーになったのだが、毎年お手伝いをしてくれているメンバー二人がご家庭の事情で欠けるという史上最少のスタッフになった。会場の予約、チラシの作成、名義後援のお願い、ラジオ番組の取材、夕刊の随筆コーナーへの投稿、記事掲載のお願い、当日配布のチラシやアンケートの作成、当日は舞台設営と会場設営、それから打ち上げ会場の設定と予約。それは主催者である私の仕事だ。すべてをこなして迎えた本番の日、「笑顔で始まり笑顔で終わるイベントを」と皆で語り合った言葉を一人復唱する。

朝九時に舞台と進行の監督を兼ねるイラストレーターMさんと、音響と力仕事担当の唯一の男性メンバーYさん、記録と場内全般の監督のOさんと私の四人が集合。毎年使っていた氷柱から今年はオーガンジーと蓆《むしろ》を使った装飾にする。スポットライトの位置を調整し開場から開演まで流す音楽（今年は水滴の音）を幾種類か流して決定。暗転と点灯のタイミングを話し合い、演者の動線も実際に動いてみて決める。受付で配布するチラシやプログラムなどを確認すると、演者の一人の名前が落ちている。急ぎ持ち帰って打ち直し、それから一五〇枚ほどコピーをしなおすのがこの日一番怖かったハプニングだ。

ハプニングと言えば、今年は前日の打ち合わせになって、T君が当日まで合宿で会場には五時くらいにしか着かないということがわかった。読む作品の申告も締切がすぎても届かず、さらに当日の綱渡りではらはらさせられた。若さの無謀さは歳のいった私たちの想像を軽々と超える。当人は何とか間に合い、飄々と五〇円でお得！　とパンの耳を集めた袋のパンをミネラルウォーターで流し込んでいた。

開場前から参加者が早々と集まって、開演一〇分前にはほぼ満席になった。演目は辻村深月の「殺したもの」、雨月物語から「吉備津の釜」、花衣紗羅の「一節切」、こわい話本から「喪服の女」、内田百閒の「豹／鯉」、それぞれの個性が溢れる。トリの薗田さんの山口洋子の短編「白い炎」はさすがの圧巻の朗読だった。

皆笑顔で始まり笑顔で終わったのは良かったが、アンケートを回収して読むと「怖くなかった」「長すぎる」という批評が二作品に集中した。朗読としては聞きごたえがあっても、「怖い」と看板を掲げた以上それは問題だ。昨年のアンケートにも少しそういう意見があったのに、そこを改善できなかったのは主催者である私の責任だ。「せっかく読んでくれるんだから」、そういう甘さがこうした批判を招いた。猛省して次回は選書から立ち会いたいと思っている。

私の中で「怖い朗読会」は、終わったその時から次が始まっている。そして選書がピークを迎える毎年六月くらいになると、一体怖いとは何なのか、数十冊の本に囲まれてわからなくなる。その混沌もまた主催する者の楽しみだ。

最後に一つ。「一行怪談」から。あなたはこれを怖いと思われるだろうか、そうでないだろうか。

「このあいだ山奥に棄てた知り合いが、五箱の宅配便になって今日届いた」

福田　稔

幻の新元号

幻の新元号

平成三十一（二〇一九）年に入って、新しい元号は何になるのか大きな話題となった。テレビや新聞では元号が決定される過程が解説されたり、過去の元号の歴史などが紹介された。また、インターネット上では、新元号を予想する書き込み記事で賑わった。特に目立ったのが、安倍晋三首相の「安」の文字を入れた元号になるという予想だった。

実は、私は新元号についてある確信を抱いていたので、予想記事を軽い気持ちで読み飛ばしていた。そして、四月一日に新元号は「令和」と発表された時、私の確信が正しいことが判明した。その確信とは、「結局は誰も予想できない」という諦めの気持ちであった。

この確信を抱いたのは、平成という元号が発表された時の苦い経験があったからである。

昭和六十三（一九八八）年の五月から、私はアメリカ合衆国イリノイ州にあるイリノイ大学へ留学した。

その年の九月に昭和天皇が体調を崩されて入院されたが、私はこの情報をニュース専門チャンネルCNNの番組「今週の日本」（This week in Japan）で知った。これは土曜日の夜七時半からの三十分番組で、私は欠かさず見ていた。当時の日本はバブル経済の真っただ中。アメリカの関心は、経済パートナーとしての日本から、その文化や日常生活に広がり始めていた（ちなみに、この番組は、朝吹誠（実業家・朝吹英二の曽孫で、石井好子さんの甥）がCNNのテッド・ターナー会長に直談判して、一九八五年から六年間放送されることになったそうである）。

この年の十一月頃になると、イリノイ大学の日本人留学生の間では、新年を迎えると同時に元号が昭和から変更されるらしいという噂が囁かれるようになった。そして、十二月に入ると、元号が変わるのが前提となって、新元号は何かということが話題になっていた。

この頃、イリノイ大学では既に電子メールや電子掲示板などを利用している人たちがいた。ただ、今のインターネットに比べると、技術的には遥かに初歩的というか原始的な段階という状況であった。大学院の先輩になるアメリカ人学生が、電子メールや電子掲示板を利用するよう私に勧めてくれたこともあった。しかし、パソコン音痴の私には何のことか分からず、日本に帰るまで利用することはなかった。

したがって、日本から個人に届く情報は郵便か電話を通してと限られており、情報量は少なかったし、偏りもかなりあった。例えると、（無人島ではないにしても）離れ小島に定期船が時々くるという感じである。

もちろん元号が決まる過程や元号の歴史を知る人は周りにいなかった。また、自分たちで漢字を適当に組み合わせて新元号を予測するという発想も無かった。ただ、日本からの少ない情報を交換し合いながら、新元号について誰の情報が一番正しいかということを競い始めていた。

そんな時、決定的な情報が私に舞い込んだ。

「実はね、今朝方、うちのお母さんから電話があって、新しい元号がわかったんだ」

と、ある女子留学生が話しかけてきた。何でも、彼女の母親の知り合いが――ここから怪しいのであるが――元号を決める組織に深い関係がある人と知り合いで、その人を通じて新元号が何になるのか教えてもらったのだと言う。

日本にいれば、そんなことあるわけないでしょう、と一蹴するところだが、私は彼女の情報をすっかり信じてしまったのである。

実は、留学先で私は、日本にいたら出会えないような凄い人たちと出会っていた。例えば、本国に帰ると大臣と大学学長を兼ねる予定と噂の留学生、某国のGNPの一割以上を占める大企業の御曹司などがいたし、日本からの留学生で私がお世話になった人たちの中にも、そこまでいかないにしても、かなりの方々がいた。

日本にいたら知り合えない人たちが何人も周りにいたので、母親の知り合いの、そのまた知り合いが、新元号を決める組織の関係者であると聞いても、「可能性として充分ありだな」と勝手に思い込んでしまったのである。

「で。新しい元号って何なの?」

「それがね、とっても意外な元号でね……」

と、うまく焦らす彼女。私は彼女の言葉を聞き逃すまいと耳を澄ませた。

「新元号はね……ア、サ、ヒ……なんだって」

「え? アサヒ?」

「そう。でもね、アサヒ新聞の『朝日』じゃないのよ」

「ん?」

「今までは漢字で二文字だったけど、新しい元号は一文字でね……九に日と書く『旭』なんだって」

「へぇえ〜」

漢字一文字とは思ってもみなかった。そして、その「思ってもみなかった」というところに、私は真実味を感じてしまったのである。

この新情報をいち早く手に入れた私はすっかり浮かれてしまった。そして、その日のうちに、出会う日本人留学生たちに得意げに伝えていった。次第に私の周りは、「新元号は旭」ということで落ち着いていった。

さて、十二月のクリスマスが終わると、私はアメリカ人の友人の実家があるテネシー州ナッシュビルへ旅をした。そこで新年を迎えて、イリノイへ戻ったのは翌年一月、春学期が始まる直前であった。私は楽しかった旅の想い出に酔いしれて、新元号の「旭」を言いふらしたことはすっかり忘れていた。

そして、昭和六十四（一九八九）年一月七日の土曜日になった。日本で小渕恵三官房長官が、「新しい元号は、『平成』であります」と発表したのは、この日の午後二時三十六分だった。アメリカではその日のうちに「今週の日本」で報じられたと思う。随分と優しい響きがする元号だと感じたのと同時に、「ん？　あれ？　『旭』じゃなかったんだ」と心の中で呟いた。それは、この新元号と私の自信が幻のように消えた瞬間だった。

さて、春学期の授業が始まると、私は会う日本人留学生たちに、「明けましておめでとう」に続いて、「『旭』じゃなかったね、あはは。それにしても『平成』とは意外でしたね」と愛想良く声をかけて、失った信用を多少でも取り戻す努力をしなければならなくなった。

気づくと、「旭」を私に伝えた彼女の姿が見られなくなっていた。おそらく、秋学期を終えて春学期が始まる前に、帰国したか転校でもしたのだろう。

最近分かったことがいくつかある。まず、元号の文字数については、既に昭和五十四（一九七九）年十月二十三日に出された閣議報告「元号選定手続について」に記されていたのである。そこには「漢字二字であること」と明記してある。つまり、「昭和」の次の元号を決める際には、漢字一文字という可能性は全く無かったのである。

また、ネット上には、昭和の終わりに新元号は「旭日」という流言蜚語もあった、と記されている。これには、「大化」からの元号全てが音読みであるため、「旭日」を訓読みで「アサヒ」と読むことはあり得ないという解説がある。

今年の四月一日。新元号の発表は午前十一時三十分になると予告されていた。そこで、私はこの日が自分の誕生日だというのを忘れるくらい興奮して、職場から一時帰宅し、テレビの前に腰をおろして、その時を待った。私にとって、元号が発表されるのをリアルタイムで目撃できるのは初めてだったからだ。

そして、午前十一時四十一分に菅義偉官房長官が発表。「令和」という文字と、その音の響がなんとも清々しく感じられた。

それから間も無くして、「令和」の発案者は万葉集研究の第一人者である中西進先生ではないかとマスコミが報じた。

中西先生は、平成七（一九九五）年に私の前任校・帝塚山学院大学の国際理解研究所へ教授として来られて、直ぐに新学部設置の準備を担当された。アメリカへの二度目の留学中には、日本から何度も電話をして私に新学部への移籍を勧めてくださった。

私が帰国してからは、通勤途中の電車の中で、「今はこういうことを考えているんですよ」と雑談に交えて、心の中で温められているアイデアをご披露してくださった。そのほとんどが既に出版されている。また、数年前は日本ペンクラブの懇親会で久しぶりにお会いしてお話しすることができた。令和を迎えて、先生は正に時の人である。

四月十四日、先生が館長を務められている富山市の高志の国文学館での様子がテレビで放映された。

「皆さん、多分これ（『令和』の発案者）を今知りたいのだろうと思いますけど、私ではないのですよ」と、先生は優しく、笑顔で語られた。

その様子を見ながら、「新元号が分かった、分かった」と得意げに、不確かな情報を言いふらしていた三十年前の自分が再び恥ずかしく思えた。ただ、幻の新元号から「結局は誰も予想できない」と学んだことに免じて、当時不快な思いをされた方々にはお許し願いたい。

丸山康幸

杏（二〇〇三年〜二〇二三年）

杏（二〇〇三年〜二〇二三年）

二〇一八年二月十七日、朝八時二十分、トラクターの鍵を回して暖気運転モードに五秒ほど保つと、エンジンが一発でかかった。アクセルを怖々とゆっくり踏む。低速クラッチに入れてのろのろ畠までの坂道を登っていく。緊張のため体じゅうに力が入りすぎたのか一〇〇メートルほどで疲れを感じる。一旦エンジンを止めて、地主の久保家代々のお墓にお参り。「この畠に信州の杏を植えさせていただきます。どうか実りますように」とお願いする。トラクターの座席は思いのほか高く畠全体が見渡せる。これから一反八畝（五四〇坪）の開墾だ。初めてのことで心細いが太陽の光が強くなるにつれ私の身体も温まり、ともかく始めなければという気になった。長い間手が入っていなかった土地を素人の私が果樹畠に戻せるのだろうか。

三か月前、二〇一七年十一月二十九日に茅ヶ崎市の斡旋でこの畠を見せてもらった。茅ヶ崎市芹沢三九七番地。自宅から車で二十五分。地主の久保さんも一緒に歩きながらこれまでの事情を丁寧に教えてくれる。茅ヶ崎市では一番の標高で畠の周りには久保家が所有する農地がぐるり三六〇度に広がっている。ここだけでも一町歩（三〇〇〇坪）近くあるのではないか。この畠は真ん中に区画されており平らでほぼ正方形の土地だ。昔は畠一面に栗が実ったそうだ。そのために腰の高さまである栗の太い切株があちこちに残っている。

南からの海風が湿気を含んで頬を撫でていく。隣の牧場から牛の啼き声が風に運ばれてくる。私はこの土地がとても気に入った。その場で「お願いします。是非貸してください」と頼んだ。久保さんも「よろしければどうぞ」と言ってくれた。ここで日本原産種の杏を育てるつもりだ。信州と気候も土壌も異なる茅ヶ崎で杏が生育するか専門家に聞いてまわったが、前例がないため確たる答えは得られなかった。それでやることにした。

二〇一八年一月二十九日、幅が二メートルしかない、くねった坂道を約束通り大型パワーシャベルが両側に茂る木々の枝葉を折り散らしながら、強引に登ってきた。栗の木の切株を引っこ抜いてもらうのだ。作業は二日で終わった。合計四十一本にもなった栗の切株は畠の南隅に積んでもらった。

全く未経験の世界が広がった。栗の切株を取り除いた後にトラクターで土を攪拌して、一面の雑草を取り払い、杏の苗を植えられるように土地を耕さねばならない。さあ、今日はトラクターの運転初日だ。習った通りに、低速クラッチに設定し、スピードを抑えて、攪拌深度は一五センチに設定。レバーを前に倒してロータリー刃を地面に下ろす。切刃が硬い地面にがしがしと食い込んでいき、振り返るとこれまで雑草に覆われていた地面に七〇センチ幅の黒土の川が出来ていく。力んだままハンドルを握っているのでトラクターが振れて、川が蛇行してしまう。攪拌したばかりの川にどこからともなくたくさんの野鳥が舞い降りてきて、土に隠れていた虫や草の種を夢中で啄ばんでいる。トラクターのドッドッドッというエンジン音に、鳥が興奮して餌を漁るオクターブ高い声が交じる。開墾は三日で完了した。

開墾が終わって、三月十七日に母の故郷、松代市に隣接した信州の千曲市「森地区」の友人から杏の苗木を三十一本仕入れた。杏には生食用と加工品用合わせて十種類以上の品種がある。私は生食にも加工品にも使える「信山丸」を中心に「ハーコット」「平和」など五品種を選んだ。すぐにとって帰り、翌日朝から苗木を植えた。七〇センチにも満たない苗木で葉も付いてなく、「杏の苗」と言わなければ単なる棒切れに見える。五〇センチの穴を掘り、そこに苦土と乾燥牛糞を入れ混ぜて六メートル間隔の列になるように畠一帯に植え込んでいく。

日本原産種の杏は信州の千曲川流域に多く栽培されてきた。特に「森地区」は養蚕用の桑畑の周りに隣家との境界線として植えられて、それが養蚕業の衰退と共に桑畑に取って代わり、一時は主力の農産物になっていた。森地区には「一目一〇万本」という決まり文句があって、桜と桃が咲く合間、四月の末ごろには森地区全体が杏の花で染められる。桜に較べて背も低く淡いピンク色なので、ややおとなしい風情だが花びらが赤ん坊の頬のようで可愛らしい。

私は二〇〇三年~〇五年まで産業雇用促進の責任者として長野県庁に赴任した。その時から長野県の杏の価値に注目してきた。地元の農協、杏加工会社、有志のグループと何度も討議を重ねて、人手不足のために次々と倒木され、栽培放棄されている杏を少しでも再興しようと試みた。伐採せずに逆にどんどん杏を増やして、加工品を次々に開発販売すれば、十年もすれば杏で森地区が復活できるはずだ。それを証明するために、二〇一六年に地元の友人を含めた有志七人で「森地区」の杏を一〇〇キロ購入して、長野県農業試験場の釜を借り、杏ジャム五百本分を試作した。子どもと杏をあしらったイラストのラベルを貼り、農協、長野県内の市長、レストラン、ホテルなどに試作品として配った。元農協職員で杏について詳しい林檎農家の小林さん考案のレシピ通り、杏は良質の「平和」と「信山丸」を厳選して使用した。とても好評だった。しかし中心となるべき千曲農協は杏を徹底して掘り下げる気持ちはもはやなかった。

茅ヶ崎の畠に杏の苗木を植えてから十八か月が経った。初めて植えた三十一本の杏のうち七本は育たなかった。二本は私が草刈機の操作を間違って切り落としてしまった。そこで今年の初めに二十六本の杏の苗木を追加で植えて合計で五十本にした。余ったスペースにレモン、ライム、柚子、イチジク、なつめ、金柑を植えた。山口県の萩市の夏蜜柑も味が良いので三本取り寄せた。これで全部で六十本あまりの「まだ生まれていない果樹園」ができた。

もし上手くいっても杏の実がなるのは二〇二三年ごろだろう。それまではひたすら雑草を刈り、消毒をし、剪定し、水遣りをする。年に二〜三回は肥料を混ぜ込む。初めての越冬は一本一本に藁を巻いて急激な気温変化に備えた。それでも今年の夏の長雨でせっかく葉を付け始めた五本の杏が立ち枯れした。これにめげないで冬になったらまた追加で杏や林檎を植えるつもりだ。

この間は草刈が一段落した後、畠の切株の椅子に座っていたら野生の雉のカップルが散歩に来た。その時、以前どこかで読んだ詩が浮かんだ。作者は思い出せないが、大凡こんな詩だった。

空ひろく雀はしゃぎ花芽ぶく
だから
菓子パン食べて本読みながら海風に吹かれてたら
少しずつ暗くなって
もうすぐ太陽も沈んで
遥か遠いような気分になって

ここがどこなのか
どこに行けばいいのか
行くところがあるのか
なんか力が入らなくなって
なんか、なんか

いつか収穫まで辿り着いたら、加工品も開発してまず茅ヶ崎市の海側、人口が密集している南部で販売するつもりだ。なかなか仕事が見つからないハンディを持った人たちに仲間に入ってもらいたい。友達三人と二〇一三年に設立した会社でこの間「農業法人」の資格を取得した。ボランティアではなくビジネスとして運営して、報酬は参加者全員に世間並以上の水準を払いたい。どんな仕事でも人によって効率が異なる。農作業はそれが特に顕著だ。しかし報酬は効率ではなく、畠にいてくれた時間だけを基準にするつもりだ。一人一人の人生の時間は限られているので、それをあえて投入してくれることの価値は誰でも変わらないと思う。勿論、代々この農地を守ってきた地主さんにも恩返しをしたい。

宮崎良子

記憶のふしぎ

記憶のふしぎ

（大切な人のために生きろ！）半睡の耳の奥に、つけっ放しのテレビの音声が流れている。年配らしい渋い声が若者を諫めている。アボカドの効用を知りたくて健康番組を見ていたのだが、肝心なところで寝入ってしまった。番組は次のドラマに移り、それも終盤に差しかかっているようだ。だとすると小一時間も眠ってしまったことになる。運動後の食事を終えた昼下がり、うたた寝は心地良いひと時なのだが、寝過ぎると目覚めが悪い。

筋トレの軽い疲労が、重苦しい倦怠感となって全身を覆い、起き上がれない。狭いソファーの上で半身をよじり、切れの悪い睡魔と闘う。（大切な人）という一言がやけに耳に残る。私にも大切な人は居る。その人のために生きたかとぼんやり思いを巡らせたが、そういう意識をしたことはない。掛け替えのない人に出会う度に、この人のために死ねるか、と思ったことはある。そんな朦朧としている脳天に、鋭い携帯の呼び出し音が切り込んできた。

一回……二回……三回……、のろのろと横のテーブルに手を這わせる。

「あ、姉ちゃん！　○○だけど」

甥っ子の、といっても六十を幾つか過ぎているのだが、耳ざわりのいい声が響く。柔らかな声の割には何となく気忙しく聞こえるのは、少し早口のせいか。

私のことを「叔母さん」と呼ぶ甥姪はいない。「姉ちゃん」「良子姉ちゃん」、中には名前で呼ぶ甥もいる。姪たちの連れ合いも、そしてその子ども達も同じように呼ぶ。どうもそぐわないので今もちょっと気恥かしい。今度その子どもに子どもが生まれた。私から数えて四代目、ついに「婆」の字で呼ばれるのか。

「姉ちゃん、今度の水曜日、空いてる？」

「ん？　昼？　夜？　ま、どっちも空いてるけど」

一回り上の、九十を過ぎた私の姉を連れ出すために、甥たちと時々食事に行く。姉は近頃、記憶を維持するのが難しくなっている。日常生活に支障は無いが、今日のことも明日には定かではないだろう。

「○○や良ちゃんが居てくれて、私は幸せ！」

いつものように姉は嬉しそう。一昨年まで喜々として通っていたグラウンドゴルフで無防備に曝した肌だが、日焼け跡もなく、少し縮んだが白い頬はふっくりと柔らかそう。

私が自分の母親に、定年まで家事一切を任せたことを非難する孝行息子の甥は、高齢になった母親を、すべての家事労働から解放した。することがなくなった母親は、日がな一日横になることが多くなった。健康のために運動するのは難かしいが、必要に迫られてする家事は継続できる。高齢者にとって誰かの役に立つことは張りになる。自分が必要とされてする労働は負担ばかりではないだろう。私の母は、晩年を私のために生きたことを、良しとしてくれたはずだと、私は自分に都合のいい解釈をしているのだが、甥には理解されていないようだ。

「辛いこと、悲しいこと、なぁんにもないから、私は本当に幸せ！」

逢う度にいい笑顔を見せる姉、その実、姉は近年次々に大切な人を失っているのだが、すでに忘却の彼方のようだ。このまま傷心《いたみ》も死の恐怖も曖昧になっていくとしても、それもまた天の恵みか。お互い過去の記憶を共有し共感できないのは淋しいが、年齢と共に記憶が混沌としていくのは、当人にとって必ずしもマイナスばかりではないと考えたい。

記憶には自己防衛本能が働くそうだ。加齢による記憶力の衰退は、過去の記憶を自分に都合のいいように取捨選択するらしい。辛いことは忘れ、楽しいことだけを思い出すようになると言うのだ。だから晩年になるほど人は、自分の人生はいい人生だった、あなたが夫で、妻であって良かったと大方の人は言う。事実でもあろうし、またこれが記憶の操作によるものだとしても、良くできた性能ではないか。「記憶喪失症」とかも、あまりの辛さや恐怖から自身の心を守る手段だとか。

あるテレビ番組で記憶を失った人を見た。日常の当り前の行為、服の着方が分からない。そばの人のを真似ればできそうなものだが、そういう知恵が働かない。すなわち、知恵も知識も、基本的には記憶の継続によって成り立っているからだと思う。

生きる術《すべ》は、脳の「神経細胞」の働きによって成り立っている。学習や経験を記憶する脳の「作業記憶」が利かなくなったら、毎回ゼロに戻ってやり直しである。面倒なことこの上ない。常々そんなことを意識していないから、出来て当たり前だと思っているが、そんなことはない。すべて記憶で成り立っている。記憶とは不思議なものだ。

私は昨年、五十代の姪に先立たれた。順送りとはいかない、突然の番狂わせに無常を痛感した。ずっと以前にも、三十そこそこの甥を失った。やはり突然死である。その時、父親である今は亡き私の兄は、絞り出すように言った。

「これまでの自分の人生なんだったのか！」と。

未来のみならず、過去をも奪われたことに考えが及ばなかった私には、衝撃の一言だった。「未来は過去である」と言った人がいる。その真意は計り難いが、私なりの注釈で、過去の積み重ねの上に未来が築かれるとしたら、過去を失った兄の未来は型を成さないだろう。愛しい息子の想い出は、もはや痛ましい記憶となった。人は本当に悲しいことは口にしなくなる。以後、兄は息子のことを語らなくなった。兄は何も言わないことで悲しみを語った。

記憶は失うと不便だが、消せないために悩んだり苦しんだりもする。感情がその場限りで終わらないのは、良きも悪しきも記憶に残るからだ。自分が意識していなくても、相手の記憶の中に生き続け、自分の言動が相手を苦しめることもある。記憶は大切なものだが、結構厄介なものでもある。

しかしその記憶にも濃淡あり、キャパありで、適度に間引きも消去もしてくれるから有難い。姉は今、少しずつ過去を失うことで、心痛を和らげ穏やかな日々を得ているが、兄は、決して消すことのできない、鮮明な過去の記憶に苛まれ続けたのであろうか。

そして今年、私はまた大切な人を失った。その兄の妻（義姉）である。連絡を受けた時、私は朝から一人でカラオケで唄っていた。一人暮らしは喉が弱って、死ぬ時はきっと誤えん性肺炎だと思い込んでいる私は、喉を鍛えるべく声を出すことにしている。そこに大阪の甥（亡くなった甥の弟）から連絡が入った。

「○○です、今朝おふくろが亡くなりました」

甥は感情を抑えてひと息で明解に言った。私は（あーっ）とも（えっ）ともつかぬ半端な声を上げていた。状況を説明する甥の声は俄に乱れていった。とにかく帰らなくては、そう思いながらも意味もなく個室をうろうろしていた。こんな場所で連絡を受けたのだから、それなりの意味を持たせようと、義姉《あね》のために鎮魂の歌を一曲唄って帰ることにした。そう考えると少し落ち着いた。

私の愛唱歌「花かげ」を迷わず入力した。私なりのレクイエムだ。〝十五夜お月さまひとりぼち〟で始まる、幼い妹が嫁ぐ姉を送る歌である。私は冷静になっていた。感情は波立ってはいなかった。静かに唄い出せるはずだった。だが声を出した途端に涙が溢れて全く唄えない。気を鎮めて数回やり直したが、どうしても声にならない。

これは後で気付いたことだが、思いを口に出すと感情は抑えが利かなくなるのではと。最後の別れの時「お義姉《ねえ》さん」と呼びかけただけで後が声にならない。兄達が結婚した時、私は高校生だった。それから母と数えきれないほど大阪を往復した。大阪からも子どもを連れて、子どもが成長してからは夫婦で、この六十年、お互い可能な限り往き来した。

私の生き方に多大な影響を与えた兄、そして母と私を惜しみない愛で慈しんでくれた兄嫁、その思いが一気にふくれ上がった。大阪に着いてからも冷静だったのに、声を出すことで気持ちが昂ぶってしまった。黙っているより声に出すと、感情は溢れ出るのではないか、と甥に言ったら、喪主挨拶でやはり涙で話せなくなった甥も、そうかも知れないと納得していた。

この現象は悲しみに限らないのではないだろうか。感情は声に出して体外に排出することで増減する。人は嬉しい時、歓喜の声を上げ、喜びを倍増させる。怒りの言葉はエスカレートする。辛いこと悲しいことは、体内に溜めずに誰かに話し、感情を溢れさせることで半減する。

喜怒哀楽は、言動で表さなければ目には見えないが、感情も細胞の一つである。感情を揺さぶる何らかの物質が生じていれば、確実に身体に連動する。脳から身体に伝達された物質は、泣く、話す、などの行動で体外に排出されて脳が治まり、心が鎮まるのではあるまいか。

悲しい時は思いきり泣いた方がさっぱりする。「涙の効用」を聞いたことがあるが、涙は悲しみを司る物質を洗い流す、というようなことだった。問題が解決されていなくても、体内に影響を及ぼす、脳の「辛い」という物質が、声と一緒に体外に放出されることで脳が正常化し、心が和らぐのだとしたら、大いに泣き、大いに笑いたいものだ。

柩の中の義姉に対面したら、それまで直線上に続いていた義姉の人生がぷっつりと切り取られ、一人分の人生として目の前の視野の中に収まってしまった。その人の一生分が完結して目の前にあるのだ。過去の情報が歴然としていた。それは泣くことで膨れ上がった。全て私の過去の記憶の中で。甥も、姪も、兄も、兄嫁も、大切な人は私の記憶の中に生き続け、私と共に時を経る。記憶とは、実に不思議なものだ。

森　和風

追憶に再会

今日もまた、我が家の電話が鳴り響く……!!　向こう側の声の主は大変丁寧で、最近の若者とは思えない確かな言葉遣いで、語り掛けて来る。

一昔前に地元の宮崎日日新聞社の紙面に半年近く〝私の人生〟の出来ごとを書かせていただいた。その後、大先輩の文学仲間の薦めで、地元出版社・鉱脈社の励ましを戴き、小著『いのち華やぐ』を世に送り出していただいた経緯がある。その時、各県や市の図書館、関係のある大使館、中でも〝国会図書館〟や、天下の〝紀伊乃国屋書店〟等にも本を飾って戴き、とうとう、アメリカ、ロシア、ポーランド、中国各地の友人、宮崎大学時代の教え子達に八十冊、国内の友人達、中でも北海道の大先輩に二十冊。――各地の書友の方々にも、私のことを知ってもらえたらと――一回きりの出版だから思いきりゴージャスな表紙に仕立てて――贈呈を続けた記憶が甦って来る……。あぁーっ懐かしい!! 本当に懐かしい――。生地獄のような毎日だったけれど、一生懸命書けば、何とかなるものだ――。

あの渡辺綱纜先生から、――「和風さん!! 始まるまでに三、四十編を書き溜めておかんと、死に目に会うかいナ~!!」――……!!? と言われた言葉が、昨日のことのように、声すら聞こえて来る。不思議な本当に不思議なものだ――。

あれから十二年が「あっ!!」と言う間に過ぎて行った……。

あの頃、宮崎大学で教鞭を執っていて、眠る時間もなく、一晩《ひとばん》で十編を書いた時には初めて文学者の仕事振りを、垣間感じられた痛快さも懐かしい……。

私が書表現者であるがゆえに、文章の中の漢字を旧書体で書いた――。が新聞の文章は子どもから大人まで誰でも読めないといけないものだから、新聞用語と共に紙上用に文章も文字数を減らして書き替えた。が出版した小著の『いのち華やぐ』は私の思い通りの〝本創り〟をさせて戴いたので、今の若者達には読めない漢字がころがっている。またあの頃は、ワープロからパソコンに移行する時代!!　でもあった。諸々の文字化けも起こり、ミスプリントも数カ所あった――。

このようなこと等をすっかり忘れていたため、電子書籍の話が飛んで来た時、何度もの、お断りにもメゲない若者の熱意につい承諾の返事をしたのが運のツキとなった……!!　人は自分の理解者だと感じた時、心が温かくなるものだ。まして国会図書館で見付けて読んだら面白くて痛快であった……!!　と若者は言う。さらに重ねて、僕の上司は以前、〝国立美術館〟の企画担当であった……と言う!!　ナ・ル・ホ・ド・此処で自然に納得、ガテンがいったのであった……。

――ウワーッ!!　あッ!!　大変だぁ――!!　――我が原作三四〇頁とキンドルの文字、文章のチェックをつき合わせる作業が始まり、二カ月ばかりを費やす大作業となった……!!　我が人生のハードロックな毎日が続いた。「書作で二晩三日の徹夜は何ともない!!」が二千頁ばかりのチェックは大変なる苦痛であった……!!

人生最後の修行と思って頑張ることを約束したのであった。この状況下にあっても、当の私には〝電子書籍化〟という表現すら本当は、解っていないのかも知れない……。ただ、周囲の人々が「永久に残るのですよッ――!!」「今の若者達の活字離れの中、〝電子書籍〟は便利だから、皆がよく読んでいますよッ……!!」とあちこちの友人達は言ってくれる。

――まぁ～よく解らないが、無料キャンペーンをやって戴いた五日間で三百名ばかりの人々が読んでくれた……とかで、『アマゾン・ランキング七位』になりました……!! と東京から連絡が這入った。

――「あーあッ!! ?…… 〝青天の霹靂〟!! ――さらにアマゾンを通じて私のインタビューを動画にて出すのだと言う……。何が何だか解らないが、指示されるままに従うこととなった。――ここに来てヒラメイタッ!! ――映像作家でジャーナリストの黒木梓氏（日本ペンクラブ会員）のお力を借らねばならない。

インタビュー形式で、諸々の質問に答えながら、作品写真、プロフィール、内容等は特別にテキストデータで送信してほしいのだ……と丁寧なる要望書が飛んで来た――。

私は突然に、何故か？？ 〝幸島の猿〟を思い出して一人で笑ってしまった……!!

――あーあッ!! 早く死なんとイカン……!! ――と。日本語＝現代語すら解らなくなっている私自身に驚愕したのだった――!!

――それにしても、不思議な人生だなぁ～～!! 本当に健康に支えられ、やりたいことをやれる人生――!!

――人生の八割を好き勝手に生きて来られたことへの感謝は、誰に返したらよいのでしょう――？ ――!! ？ ？ !!――

後、やり残したことが二つある……。

——文化不毛と言われた故郷に、大輪の花が咲く環境が出現すれば痛快だなあッ!!——とそんな夢を見て、残された時間を心で追っている自分に……「最後の力を絞ってみよッ!!」と彼岸からの声が響いて来る——。

ふたたびの春秋

森本雍子

ふたたびの春秋

脳科学者の茂木健一郎さんによれば、それは、高齢者になると、一日が短く、一週間も一月も短く、あっという間に一年が過ぎていく。それは「新しいことを自分に取り入れないからだ」と言われる。

確かに昨日と同じような生活パターンであり、食事の献立もマンネリ化し「玉子料理一つにも新鮮味がない……」などと呟いていたら一軒隣に住む娘が、「はい」と洋風茶碗蒸しなどを持ってきたりするのに、すごく感激し大きな出来事となったりする。

本年は社会的に大きな出来事がある。平成三十一年四月三十日天皇陛下がご退位される。五月一日からは元号が「令和」となる。陛下と同世代の家人とはその新しい出来事で心がざわめき会話が盛り上がったりする。

あと一つ嬉しい出来事が。昨年十月一日に関西に住む孫息子夫婦に男児が誕生した。

私達の子どもは娘が一人で、その子どもも一人息子である。娘は嫁いで姓はかわったが、娘婿のご両親の配慮で私どもの家の隣に住んでくれているのだ。ありがたいことだ。孫夫婦が遊びにきていた折、家人が何気なく「曽孫でも出来ると大バンザイだな」と言った言葉はもう忘れていたらしかったが、さすがに嬉しかったのだろう！　普段は笑顔の少ない家人だが「あっくん」と曽孫の名を言うと、その言葉に反応してニッコリするという魔法にかかるようだ。

あっくんのママは紗恵子ちゃん。あっくん誕生秘話をこっそり教えてもらった。関西地方は前日まで台風……。夜は嵐の後の穏やかな天候。脩太くんは夜勤（あっくんのパパだが夜勤のある会社に勤務）、臨月の紗恵子ちゃんは実家に泊まる。タクシー会社にすぐにきてもらえるよう電話番号を登録。紗恵子ちゃんは夕食を済ませた後からお腹が痛くなる。病院へ行くと「このくらいで？」と思われたくなくじっと我慢していたらしく、深夜「ああ陣痛」と思いタクシーに来てもらったが、台風の影響でタクシー会社もてんやわんやで「確保するのにギリギリやったでー」と言われ、病院に着くと助産師さんから「なんでこんなになるまで我慢したんや」と言われた。また、立ち会いを希望していた脩太くんの願いが叶えられず十月一日五時十三分に「章斗《あきと》くん」が生まれ、その十分後にスーツ姿で汗びっしょりになって脩太パパが到着した。安産だったらしく喜びいっぱいのしゅうたパパだったらしい。

名前については脩太パパと同じ字画になるよう考えたそうだ。「章」は真面目で努力を怠らず「斗」は器の大きい人間になってほしいという願いを込めて脩太パパと一生懸命に考えて付けたと紗恵子ママは語る。章斗くんは「あっくん」となった。

家人が久留米市に用事で行くらしい。平成三十年十一月三十日。私は久留米市美術館に「ウィリアム・モリスと英国の壁紙展」を鑑賞するためお供することにした。一泊することにし、昼間は別々の行動となった。新幹線JR久留米駅前に立つと、レプリカで陶板の「海の幸」が置かれている。青木繁の作で重要文化財となっている。青木繁は『古事記』が愛読書だったようだ。「海の幸」では漁獲されたサメ（?）を担ぎ、列をなして進む日に焼けた健康そうな全裸の漁師たち。その中で白い顔の若い女性らしい目が見る人を惹きつけ離れない。その女性は恋人の福田たねだと言われている。このレプリカの実物にも久留米市美術館に行けば会えるはずである。

初めてのその美術館に入ろうとした時、何故か懐かしい空気がよぎった。二階で壁紙展は開かれていた。一点一点素晴しい構図と色彩に満ちあふれていた。帰りに紗恵子ママにこの図鑑を土産にと思った。その時「あの方はここにおられるのでは……」と。

かつて宮崎市役所の職員であったころのこと、「早朝緑陰講座」なるものを立ち上げやっていたが、文字通りの早朝である。市民の受けは良かったもののスタッフの苦労を察して一年で幕を下ろそうと思い、次の年には企画を上げなかった。来年度の予算が決まりそうな頃、担当部課から「市長から早朝緑陰講座はどうした！」とのことで、慌てて提出したことがあった。

ある時、石橋美術館（現久留米市美術館）の女性から「あの講座をマネてよろしいでしょうか」という電話を受けた。嬉しくて「どうぞどうぞ」と応えた。そのことはとうの昔に忘れていた。発案者が一年で下ろそうとしたので、後どうなったか期待していなかった。また、この美術館だったことも忘れていたのである。

壁紙展は高校生で溢れていた。今は一カ所に集められ、講話が始まり、静けさを取り戻していた。何人かの学芸員が一般の方を静かに導いていた。その中の一人に密かに問うてみた。驚いたことに当時の担当者がまだおられるとのこと。突然の成り行きで待たせてもらっていると、あたふたとしかも確実に人を引き込む笑顔の女性が現れたのである。そして私を静かな明るい部屋に導いてくれた。その部屋からは広大な庭園の全貌が見てとれる。大きな池を巡らせて春夏秋冬楽しめる憩いの場と言うべきか。

「今は秋風が立つ時候で、あの奥は山を築いていていろんな樹木、紅葉の美しい楓が見られ、雪も降ります。春になるとバラからあやめ、紫陽花など池の水と相性の良い花がきれいです。早朝緑陰講座はあの辺りで……」と芝生広場で緑の美しい樹木のところを指さされる。「二十年は続いたと思います」とその女性、西依直子さんは言われる。五年間続けた私には驚きである。そして「ちょっとお待ちください……」と事務所から「石橋文化センター六十年史」を持参され、その中に多くのイベント、展覧会、音楽会などあり、賑わいが見てとれた。

紗恵子ママに図鑑を求めた。育児に疲れた時の癒しの本となるように。結婚前に手がけていた、室内装飾の仕事を思い出してほしいとの願いを込めて美術館の帰り、銀杏並木の美しい通りの小さな郵便局から送った。

帰宅して、石橋文化センターの西依直子さんからEメールが届いていることに気づいた。それには、私に会って感激したこと。電話で話したこと等その後記録を調べてみたら、早朝緑陰講座は平成四〜二十八年（二十五年間）開催し、朝七時から一時間程度四回開催（一か月間で）、朝食付き（パン・サラダ・コーヒー）で好評だったこと。また、私の尋ねたことに対して青木繁の《海の幸》《わだつみのいろこの宮》を所蔵してある東京ブリヂストン美術館は現在建て替え中で休館となっており、来秋以降の開館と聞いているとのことが記されていた（二〇一八年十二月八日抜粋）。青木繁の作品には出合わなかったが、西依直子さんとの空白の二十五年間は無形文化財みたいな私の心の宝物となったのだ。

平成三十一年二月十一日、テレビで潮嶽神社（日本で唯一、海幸彦を祀る古社）で春の大祭を映し出している。子どもの初参りみたいだ。強く育つようにとの願いを込めて紅で子どもの額に「犬」の字を書き、病封じをする習わしがあるそうである。この神社には、もう思い出せないくらい、以前に家人とお参りしたことはあるのだ。このような深い森を背景に海幸彦が祀られていようとはと……。その時から不思議に思われていたが、昨年十月一日に曾孫を授かると、なお一層、不思議は増すのであった。「犬」の字は家人の干支の「戌」であり、また新生児も同じ干支の「戌」であったから何か縁を感じたのだ。

潮嶽神社のことがもう少し知りたくなり、日南市の観光協会に少々詳しい由緒を問い合わせたが、印刷されたものもなく直接、潮嶽神社の連絡先を教示されたのであった。それに基づき連絡を差し上げたが、誠にありがたく宮司様から直接ご連絡いただいたのだ。

宮司様からは、海幸彦を主祭神としてこの静謐なるお社に祀るには由来があります（いただいたたくさんの資料からの紹介は別記に譲りたい)。

主旨を少し記すと、いわゆる海幸彦、山幸彦の釣り針を巡る争いの時、海幸彦は満ち潮に乗られ磐船(頑丈な船の意)にて山沿いの潮嶽の里にお着きになられたという。口碑によれば潮嶽神社の御鎮座は神武の朝と伝えられているとある。

いずれあっくん一家と共にお訪ねしたい神社である。

令和元年六月一日、あっくんは紗恵子ママと共にママの友人の結婚式に招かれた。その折の写真がスマホからこちらのタブレットに送られてきた。動画も何点かある。ママの友人の結婚披露宴。縁起の良い獅子舞も招かれた。今まさにあっくんの頭を噛もうと獅子が大きく口を開けている。あっくんは泣かずに自分の方から手を差し入れて相手の手を摑もうと全身の力を振り絞る。そのあっくんを引き戻そうと必死のママ。ママのコメントはこうだ。「獅子舞にかまれると頭が良くなるとか……。あっくん全く泣かずに、中に入っている人に手を伸ばすので、会場がザワザワ……笑笑」とある。誠に豪快なあっくんだこと。私の住んでいるこの地域の氏神さまの八幡宮の夏祭りはもうすぐだ。子ども神輿や獅子舞も出る。その時あっくんは泣かずに獅子に噛まれるだろうか? お盆休暇に一家で帰省してくるのが楽しみだ。

振り返ってこれまでたくさんの人々との出会いで生きてきた「一瞬の夢」だったり永年の

絆になったり。出会いは不思議に満ちている。

先の石橋文化センターの石橋に立って池の中央と思われるところの大きな石の上に白鳥と思われれる鳥がいた。身じろぎもしないのでもしかして置物と思った瞬間動いた。「白鳥が……」「あれは青鷺です。いつもは遠くの池にいるのに動きましたね……」と毎夕散歩しているという八女美人は微笑んだ。

夢《ゆめ》人《と》

最後のピースサイン

最後のピースサイン

病院の駐車場には、盛夏とはいえ漆黒の闇が訪れ、裏の山の蟬時雨も今は惰眠を貪っている。平成七年八月一日午前二時半。

前日の午後十一時に父危篤の報が入った。慌ただしく故郷である長崎へ向かい、ようやく長崎市内の病院へ到着した。

つい一週間前に、二日だけ休みを貰い、帰省したばかりだった。何度目かの入院をしている父も、今回は長引き、担当医から一度話をしておきたいと言われたのだ。

酒を飲むとエンターテイナーに早変わりする父は、普段はあまり多くを語らず、黙々と背中で仕事をする男だった。そのくせ、面倒見は良すぎるくらい良く、それで却って疲れ果てていた。だから家族旅行や、父と遊んだ記憶などほとんどない。

七年前。私が医師となった年に父は難病指定の〝間質性肺炎〟という診断を受け、告知された。病は完治困難で、癌ではないが平均余命は五〜七年と言われていた。最初の数年間は、取り立てて変わりなく見えてはいたが、着実に命のロウソクは短くなっていた。特にこの一年は、数回入院を繰り返し、いよいよ最終段階に向けて静かに進行していた。私はそれでもなかなか、実家に帰ることができなかった。確かに多忙で、専門医試験の受験があったとはいえ、帰れない理由を探していたのかもしれない。

病室に入ると、鼻カニューレをつけた父が、ベッドの上に胡座をかいて座っていた。私の顔を見るなり、よく目が落ちそうだと言われたどんぐり眼で、ニヤッと笑った。私は照れくささを隠して、

「ただいま！　元気そうやん」と言った。帰省したときのこの心持ちは、大学時代から変わらない。

ふと見ると、酸素ボンベに取り付けられているゲージは毎分九リットルの酸素流量になっ

ていた。私は、顔には出さなかったが愕然とした。とてつもない量の酸素を送り込まれている。父はと見ると、座っているだけでも肩で息をし、もはや硬くなった肺は痰を喀出するだけの動きも出来ないのだろう。一旦せき込むと乾いた咳が続き、しまいには、顔が酸素不足で土色に変色し、そのまま息絶えるのではないかと、思わず医師でありながら目をそらしてしまう。

「大丈夫ね？」

「うん……。やっぱりきつかね」

「酸素は九リットルやかね。いつから？」

「ここ一週間でかな。痛かっさ、鼻の。えらい勢いで酸素の出てくるけん。ばってんしょうがなか。下げたらきつかもんね」

「そうね……。そう言えば男の子げな。あと二か月もせんうちに生まれてくる。跡継ぎの出来たよ」

しかし、さほどの感動はない。それだけしんどいのか？　あるいはこの一か月、二か月先のことに、自分が生きているという確証がないのか。喜ばせようと、元気づけようと馬鹿なことを言ってしまった。

他に、取り立てて話すこともない。ふっとあいた間をどうしようかと思案していると、母と弟が病室に入ってきた。

「少し買い物ばせんばとさ。ちょっと出て来るけん。よかやろ？　何か食べたかもんのある？　サバ寿司ば買うて来ようか」

いつもの調子ではあるのだろうけれど、全く普通に会話をする母に驚きながら、父も普通に応えている。

「博司は、今日ここに泊まるって言いよるけん。簡易ベッドば後で借りに行かんとならんよ」

二時間ほどして、病院に戻ると簡易ベッドを借りて、父のベッドの横に置いた。母と弟は買ってきた物を置くと、ほどなく帰った。父の時折せき込む音が、心の壁を引っ掻き、そしてしばらくヒリヒリする。しばらく、二人で見るともなしにテレビの画面を眺めていた。すると父がポツリと言った。

「博司。やっぱり、この病気は治らんとか」

「……」なんと、答えればいいのか。おそらく、さんざん自問自答し、何度も担当医に聞こうとしたに違いない。しかし、聞けなかったであろう父。そして、おぼろげにその答えも分かっているに違いない。それがここにきて、一年ぶりに会う息子。専門医試験に合格し、前途洋々たる人生に漕ぎ出した息子に、蜘蛛の糸のような一縷の望みを問いたかったのだろう。

「そうやね。やっぱり現代の医学では難しいね。いろいろと研究はされて、いくつか試されている治療法もあるらしいけど……」

私も手をこまねいていたわけではない。しかし、論文にあたればあたるほど、暗澹たる思いに打ちのめされた。一つだけ、あるにはあった。心肺同時移植。しかし、平成七年の今、国内ではいまだ臓器移植の法案すら整備されておらず、これとてあくまでも可能性として、門外漢の私が想像しているだけの話で、国外ですらほとんど実施されていない。あまりにも非現実的な話だ。おそらく、予想された返事に、何度もシミュレーションした返事に、しかし落胆した表情も見せず、またテレビの画面に視線を戻しながら、肩で息をしていた。

「ちょっとお茶ば買ってくるけん」

いたたまれなくなった私は、席をはずした。そして、弟に電話をした。

「ちょっとよかや？　親父は今の状態についてどこまで主治医から聞かされとっとや」

「この間は、『難病でなかなか有効な治療法がないけれど、一つまだ使っていない薬があるので少しでも楽になるように使ってみましょう』と、言われたって言ってた。親父もここに以前勤めとったし、あまり細かいところは自分から聞いとらんみたいよ」

親父らしいと言えば、親父らしいが、達観しているようで逡巡はあるのだ。

「そういえばこの間、母さんに『あー。一週間。一週間で良かけん、もういっぺん親子四人の生活ば送りたかなあ』って言ってたらしい」

父は、今、静かな葛藤の中で運命を受け入れようと毎日を過ごしているのだ。五十九年という人生の今を過ごしているのだ。

二日の休みはあっという間に過ぎ、想いだけは残して、翌日私は鹿児島へ戻った。

その五日後の夜七時過ぎ。珍しく帰宅していた家の電話が鳴った。

「兄ちゃん？　俺。今親父が急に悪くなって、気管にチューブば入れたっさ。担当医《せんせい》が、兄ちゃんに説明したかけん代わってって。代わるよ」

長崎の弟からだ。担当医とは帰省した時に、今後の処置や延命治療について一応のコンセンサスは得ていた。根治はかなわない病であるから、積極的な延命はしない。しかし、苦痛はある程度取り除くために、状況によって処置については考えていく。

担当医に代わった。さほど切迫感のない声音であった。要は、鼻カニューレからの酸素投与で十分な酸素分圧が得られない。本人も、かなり苦しいようだ。おそらく、一時的になると思うが気管内挿管をして、少し楽にしたいと思う。ということだった。挿管をしてしまえば離脱できるのかどうか。もし離脱できなければ気管切開を行わざるを得ない。しかし、まだ年齢的には体力もある。避けたくはあったがそういった選択肢もありうるのかもしれない。納得して電話を切った。しかし……。午後十時過ぎ、再び電話が鳴った。父の急変の知らせだった。なかなか上がらない酸素分圧に、呼吸器でのサポートをしていた。そういう状況では、適宜気管内チューブの吸引を行う。何度目かの吸引後、容体が変わった。酸素分圧がさらに下がり、血圧と脈拍が急激に低下し、あわや心停止の状態となった。急いでレントゲン検査を行うと気胸を起こしていた。胸腔にチューブを挿入し肺を圧迫する空気を排出し、昇圧剤の投与を開始したが、意識は戻ることはなく、死戦期の下顎呼吸となった。そして、私が病院へ駆けつけた六時間後、この世を去った。

母も弟も医学には全くの素人だから、急な展開に少なからず混乱していた。しかし、起こりうることが起こったにすぎず、ただ幾つかが重なり合った結果だと説明した。

納得して落ち着いた弟が、

「ただね兄ちゃん。やっぱり、親父は凄かばい。最初兄ちゃんに電話したやろ。気管内チューブば入れた時。俺も職場に電話がかかってすぐに駆け付けたら、チューブが入っとるとに、ペンをやれって動作をして、紙に『仕事は大丈夫か?』って。で、兄ちゃんにも一応連絡ばするって言ったら、ピースサインばするとよ。本当に最後まで人のことばっかり気にしてさ。親父らしかった……」

父の半生を語れば、それはそれで昭和十年生まれの、外地からの引揚げ者の一つの人生があるのだが、父は、身をもって、生きることとは、病むこととは、老いることとは、そして死ぬこととは、を見せてくれた。日進月歩の医療の先端を走り、ともすれば己が生死の鍵を握る全能者と錯覚するような診療科に身を置き、その専門医となって漕ぎ出そうとしていた私に、今一度初心に帰れと教え示したのかもしれない。

そうして、神道で言うところの五十日後（仏教での四十九日にあたる）のその日、長男が誕生した。

横山　真里奈

バトンタッチ

「エッセイストクラブに入ってみない？」

祖母の葬式で、「みやざきエッセイスト・クラブ」初代会長であり、私の大叔父でもある渡辺綱纜から言われた言葉でした。

二年前に亡くなった祖母の横山多恵子は、昭和五十二年に初めての歌文集「わらび」を発刊して以来、多数の歌文集、詩集などを出版しました。「宮崎野火の会」の立ち上げや、日本詩人クラブ、宮崎県詩の会、東京四季同人などを務め、平成十七年には宮崎市芸術文化連盟の「芸術文化賞」を受賞しました。またみやざきエッセイスト・クラブの会員としても長年活動していて、その後を継がないかと私が誘われたのです。

私は二歳まで宮崎で暮らしていて祖母とも同居していましたが、その後は県外で過ごしていました。祖母に宛てた手紙の中に自作の詩を添えて出したことくらいはありましたが、エッセイについて教示を受けたこともなく書く予定もなかったので、はじめは断るつもりでした。ただ、祖母への〝ある思い〟から、こうしてペンを取ることにしました。

私は五年前から宮崎の放送局で働いています。学生時代から放送に携わる仕事がしたくて、東京や大阪、九州各県から沖縄まで各地の放送局を受けまくり、大学生活の多くの時間は就職活動に費やしました。ただでさえマスコミ関係は希望者が多いのに、当時はリーマンショック後の就職氷河期。放送業界にこだわっていた私は終に就職浪人をしました。ただそれでも力は及ばず、結局卒業後はメディアとは関係ない福岡の会社に入りました。

働き始めて一年が経つ頃、ふと学生時代に見ていたマスコミ専門の就活サイトを覗いてみたくなりました。サイトのトップ画面には、締め切り間近の求人情報がずらりと並んでいます。そのうちの一つが宮崎の放送局でした。

当時は仕事に慣れ始めた頃で環境も気に入っていたのですが、なんとなくその求人が気になりました。「受かるはずもないし、書類を出すだけ」と軽い気持ちで応募をすることにしました。すると気づいたときには、面接帰りの宮崎空港の中で内定の電話を受けていました。これまで何度も妄想していた合格の電話がついに現実になった瞬間でした。

頬をつねったり、着信履歴を何度も見返したり、一通りのことをした後でじわじわと現実を実感していくと、頭に浮かんできたのは、居間でテレビを見ている祖母の姿でした。特に歌番組が好きだった祖母は、夕食が終わった後はいつも一人でテレビを見つめていました。祖母が本を出版した際にテレビの取材を受けたときには、その映像を録画して繰り返し、何度も見ていたと母から聞いたことがあります。私が放送局に勤めると分かったら祖母はどんな顔をするのか、報告する日が楽しみで仕方なくなりました。

期待に胸を膨らませ二十年ぶりに宮崎に帰ると、祖母を訪ねて向かった先は自宅ではなく施設でした。祖母は病気になっていました。私は祖母の病状を知らされていませんでした。施設で再会した祖母は、もともと色白で小柄な見た目をさらにこぢんまりした様子でちょこんと椅子に座っていました。施設の人が私たち家族のことを紹介すると、分かったのか分かっていないのかこちらをぼーっと見つめていました。胸が締め付けられました。変わり果てた祖母の姿を目の当たりにして、瞬時に〝間に合わなかったこと〟を悟り涙が溢れそうでした。

「おばあちゃん、宮崎に帰ってきたよ！　テレビ局で働くことになったよ！」

「……」

やっぱり、無反応です。祖母が元気なうちに喜ばせることができなかった。悔やんでも悔やみきれませんでした。それまでも何かしらの後悔はいくつもしてきましたが、ここまでやり切れない気持ちなったのは初めてでした。

その後まもなくして祖母は亡くなりました。とうとう番組の感想を祖母から聞くことはできませんでしたが、今は祖母の後を継いでエッセイスト・クラブで活動していくことで、祖母との新しい思い出が増えていくように感じています。熱心にクラブに誘ってくださった、綱纜さん、森本雍子さん、戸田淳子さん、ありがとうございます。躊躇していた私の背中を押してくださった会員の皆様の優しさにも感謝を申し上げます。

こうしてエッセイを書いていると、祖母の記憶が蘇ってきます。窓辺で本を読む祖母の姿、砂糖がたっぷり入った少し甘ったるい玉子焼きの味。耳の奥では鳥のさえずりのように優しく「まりなちゃん」と祖母が呼んでいます。

米岡光子

暇だから、いつでも声をかけてね
宮崎は右側、それとも左側

暇だから、いつでも声をかけてね

ここ数年、自然が荒ぶっている感がある。雨の恵みも晴れの恵みも必要な私たちだから、適度に恩恵を被れればいいのにと思うのは人間のわがままだろうか。

大雨で私が切実に困るのは通勤だ。仕事だから、その時間には確実に間に合わなければならない。ＪＲとバスが主な私の移動手段だが、大幅に遅れが出たり運休になったりすると、さぁー大変。朝からばたばた慌てふためくこととなる。

週に一回、ＭＲＴラジオで十分程度のマナー相談を担当しているが、それは絶対に遅れるわけにはいかない。一年前のこと、やはり大雨の時に電車が遅れていて慌ててタクシーに切り替えようとした。えっ、タクシーがいない。かなりの待ち時間を言い渡され、やっと乗れたと思ったら今度は道が渋滞。もうダメだ。遅れる。局に悲痛な声で状況を連絡する。何とか間に合いますようにと祈る思いで、とにかく向かうしか方法がない。祈りが届いたのか、滑り込みセーフで到着。息つく間もなく本番が始まった。関係者にも心配をかけて慌てさせたが、私も、「あぁ、疲れた」。それ以来、夜のうちに予想ができればタクシーを予約することにした。予想が外れることもあるが、「遅れる！」とやきもきしないための安心保険と思えば安いものだ。

つい先日、この二、三日続いていた大雨は昨夜から小雨に変わり、なんとか明日は大丈夫そうだ。朝、いささか風が強い。危ない予感がする。やっぱり、電車が遅れている。でも、些少の遅れ。大丈夫だ。宮崎駅で降車して、かけ足で近回りをしようと思った、その瞬間、体がバランスをくずし、傘は三段跳びの選手のように三回ジャンプして前方に飛んでいった。私の体はフワッと宙に浮き、優雅にも斜め横に倒れ込んだ。ぬかるみで滑ったので、左足側面が泥で真っ黒になる。けがは無い。でも、どこかしたたか打っている。痛いが、ひるまず起き上がって傘を拾い歩き出す。早くこの場から離れたい。周りのあきれたような不躾な視線を感じる。これも荒ぶった自然のせいであろうか。私は、自然と人知れず闘っている。

後日、知人とひとしきりその話になった。

「私は車の運転はできないし、大雨なんかの時はホント大変」

「そんな時はいつでも電話をしてよ。すぐに車で送ってあげるから。暇にしているんだから」

私には、「暇」という言葉が救世主のように響いた。


「久しく会ってないよね。最近忙しいの？　たまには一緒にランチしようよ」

友人のMが思い出したように、年に二、三回メールをくれる。仕事に追われて心に余裕がなかったり落ち込んで自信を無くしていたり、そんな時に限ってそのメールが舞い込んでくる。私は忙しい生活を鼓舞するように、「ちょっと忙しいけど、○日だったら大丈夫。そちらの都合はどう？」。忙しいほうが、人生充実しているようで、カッコいい気がして。そんな返信をしてしまう。「忙しい」という字は、「心を亡くす」と書くが、正にそのとおり。自分のことしか考えていない。ちょっとカッコつけて、「忙しいけど……」と返信をしている自分が恥ずかしくなる。

小洒落た店でランチを嬉々として食べて、たわいもない話をして、心がだんだんほぐされていく。それだけのことで、すっきりして元気に日常に戻っていける。ありがたい誘いだ。

そして彼女は、「私は暇だからいつでも連絡してね」と、別れ際にいつも言ってくれる。この「暇」という言葉が、私にはとても優しく、そして、その言葉に心が救われる。

彼女が本当に暇なのかといえば、そうではない。いつも活動的で会うたびに何かを始めているし、旬な情報にも通じていてステキに生きている。忙しいはずなのに、なぜか私には、「暇だ」と言ってくれる。そう言えるのは、彼女の人徳なのだろうか。

「暇」という言葉は、「忙しい」の対極にあってカッコ悪いイメージがある。国語辞典には、「わずかの時間。自由に使える時間。休み（休暇）。別れ（離縁・離婚）。することがないさま」とある。「暇」という漢字に興味を引かれ、成り立ちを調べてみる。へんの「日」は太陽の象形、つくりの左側は削りとられた崖の象形の中に未加工の玉の象形があり、右側は両手の象形とあった。未加工の玉は、磨きをかける前の原石のようなもの。未加工なので、「決まっていない。確定していない」という意味があって、「ひま」ということになる。また、「削り取られた崖の中の未加工の玉」から「隠れた価値を持つひまな時間」を意味し、そこから「暇」という漢字が成り立ったそうだ。

そうか。「暇」の中には、「隠れた価値」があり、「暇だから声をかけてね」と言ってくれる彼女たちの「隠れた価値」は「優しさ」なのだろうと思った。「忙しい」とは、優しい心を失うことだ。相手のために自分の時間を使い、寄り添うことが優しさならば、「暇」は、とても尊い。

学校を意味する英語の「スクール（ｓｃｈｏｏｌ）」。その語源は、ギリシャ語で「暇」を意味する「スコレー（ｓｃｈｏｌｅ）」だといわれている。古代ギリシャの一般市民は、人を雇って基本的な労働を任せていた。そして、そのお陰でできた暇な時間を、自由な思想や討論にあてた。彼らにとって、「暇」こそが、考え方を確立する最も大切な時間。古代ギリシャの人々は、ものごとの本質をとらえ、問題解決に生かそうとする学問としての哲学を「暇」な時間から生み出したと聞いた。

「暇」の中にある大切な価値を見逃してはいけない。「暇だから、いつでも声をかけてね」。そう言える優しさの心意気を、私も持ちたい。

宮崎は右側、それとも左側

県外の友人が宮崎にやって来ると、「宮崎は右側？　それとも左側？」と、必ず訊かれる。

エスカレーターはどちら側に立つのかという質問だ。

「う～ん、どちらでもＯＫ。決まっていない」

「へぇー、そうなんだ！」

確かに東京に行くと空港から、ピタッと左に立って右側を空けている。あの光景は見事な感じがする。私みたいなよそ者は、その流れに沿って何の考えもなく片側に寄る。

この片側を空けるのは、大阪万博の時に、「左側を空けてください」と、場内アナウンスが流れ、その習慣ができたようだと聞いたことがある。そのあたりから、大阪では右に立ち、東京では左に立って片側を空けることが多くなったらしい。片側を空けるのは急いでいる人のためであって、それが現代人のマナーであると私は信じて疑わなかった。だから、片側空けを推奨し守った。

そんな時、事故防止のためにも片側ばかりに乗るのではなく、中央に乗ってほしいと日本エレベーター協会の関係者が話しているのをテレビのニュースで聞いた。国際的にも障がい者のためにも、エスカレーターは歩くのではなく立ち止まって中央に乗ってほしいと訴えていた。エスカレーターの片側に乗ることは、すべての重みが片側に寄るので、安全面からは疑問符が付くということらしい。エスカレーターの片側を空けることが、正しいマナーということではないようだ。「へぇー知らなかった」。

仕事と次の仕事の時間調整にコーヒーショップに立ち寄ることがある。このすきま時間に次の仕事の準備などをするには、ここはもってこいの空間である。室温は快適だし、飲み物付きで何より気兼ねなく集中できる。オフィスを持たない私には、この空間が貴重な存在である。

ただ、たわいもないことだが、少しとまどい迷うことがある。コーヒーがカップ容器で渡されると、フタの存在が私には悩みの種になる。周りを見渡すと、フタの小さな飲み口から上手にコーヒーを飲んでいる。冷たい物であればストローをフタにある挿入口から突き刺し、押し込んで、当然のように飲んでいる。私には、これが上手にできない。猫舌ではないが、フタの小さな飲み口からホットコーヒーは熱くて飲めない。冷たい物もストローを思いっきりぐるぐる回したいのだけれど上手くいかない。仕様がないので、フタを外して飲む。それも面倒だから、店内でコーヒーを飲む時はマグカップでお願いする。

どんな飲み方をしようが個人の自由だが、気の弱い私はついつい周りを覗《うかが》ってしまう。気になるのだ。勇気を出して、お店のスタッフに聞いたところで、「お客様のお好きにどうぞ！」と、とびっきりの笑顔で言われるのがオチであろう。フタがあるのは持ち運びには便利だが、そもそもなぜフタは付いていて、あの小さな穴は何なのだろう。

日常生活の中には、「それってホント、確かなの？」ということがたくさんある。どうでもいいようなことにも、それぞれに先人の思いがあったり、それなりの意味があったりするはずだ。きちんと確認して受け止めることが、礼儀かもしれない。

渡辺綱纜

川端康成の死は自殺ではない

川端康成の死は自殺ではない

部屋には、岡本かの子のことを書いた原稿が散らばっていた。ウイスキーの空瓶も転がっていた。

川端康成は、ガス管をくわえて死んでいた。

私が知り得た川端自殺の現場の様子は、それだけである。

（註・岡本かの子は、川端康成によって小説の世界に導かれた歌人で作家。岡本一平の妻で、岡本太郎の母）

その部屋に睡眠薬があったかどうかは、私には分からない。だが、かならずあったと私は思う。

宮崎の高千穂町の宿で、川端は私の目の前で薬を飲んだ。「先生、それは何ですか」と、私は聞いた。川端は、「睡眠薬です」とはっきり答えた。「眠れないのですか」。「そうです」。「先生、クスリはいけません。お酒を召し上がってはいかがでしょうか」。「渡辺さんは悲しい人ですね」。「ハア」。「お酒の一滴も飲めない私に、悲しいことを言われますね」。川端は、さびし気な顔でそう言った。そして、バッグの中からもう一瓶別な薬をとり出してきた。

一錠、二錠と数えながら、何錠かをパッとまた口に入れた。あっという間の出来事だった。その夜のことである。夜中に大きな音がした。二階に寝ていた川端が、階段から転げ落ちてきたのである。同宿していた娘の政子がびっくりして降りてきて、抱きかかえるようにして二階に戻った。

翌朝、川端はケロリとしていた。朝会うと、川端はいつも口ぐせのように、「眠れなかった。眠りたい」と言っていた。その朝は何も言わなかった。私は黙っていたが、不安だった。それは、川端の宮崎滞在中、いや鎌倉に帰ってからも、ずっと心配だった。

川端が自殺したという夜、家族のいないマンションの一室で、きっと睡眠薬をたくさん飲んだに違いない。日頃口にしないウイスキーも飲んだ。でも、眠れない。

「ああ、あのガスを吸ったら、ぐっすり眠れるだろう」。正気を失っていた川端は、そう思って、ガス管をくわえたのではないか。

「ああ、これで眠れる」。川端は安心して永遠の眠りについた。

川端はその夜、原稿を書いていた。それは遺書ではない。川端は、死ぬことなど考えていなかった。


宮崎に来てすぐ、川端を案内して日南海岸のこどものくにへ行った。砂浜に腰を下ろして、眼の前の海を眺めていた。空白の時間が過ぎて、私がふと質問した。

「先生、芥川龍之介とか太宰治とか、作家はよく自殺をしますが、どう思われますか」。

「いけませんね」と、川端は海を向いたまま言った。しばらくして、私の顔を見つめて、「自殺は、人間の道に背きます。人は自然の姿で死ぬのが一番美しいと思います」と、静かに然し力を込めて言った。

その川端康成が、自殺をするとは、私にはどうしても思えない。川端は、言ったことを曲げる人ではないのだ。

川端と十七日間、ぴったりと行動を共にした私は、川端康成という人は、何と純粋な人だろうと思っていた。

川端は無邪気で、少年がそのまま大人になったようなところがあった。一途なのである。

私はそれまで、川端康成のことを文豪であるという以外は、何も知らなかった。

作品も、中学時代の教科書で、「雪国」や「伊豆の踊り子」の一節を読んだことぐらいである。

そういう無知な私が、川端には安心感を与えたのではないか。だから、何を話しても素直に受け入れてもらった。

川端が敬愛した若山牧水がこどもの頃、初めて海を見て驚いたという美々津の町に、ぜひ行きたいというので、美々津出身のジャーナリストで、郷土史の研究家でもある黒木勇吉に案内を頼んだ。その車中（タクシー）でのことである。私が質問をした。

「先生、もし日本人で、ノーベル文学賞をもらう人がいるとしたら、どなたでしょうか」。

川端はまっすぐ前の方を向いたまま、すぐに答えた。

「それは、三島由紀夫君です。三島君以外には考えられません」。

きっぱりとした口ぶりだった。前の座席に座っていた黒木勇吉が後をふり返って、大きくうなずいて頭を下げた。

それまで、私は川端と三島の関係は何も知らなかった。

川端が鎌倉に帰ってから、私は一度だけ東京で川端に会った。新橋の第一ホテルで、林忠彦の写真集『日本の作家』の出版記念会が催された時である。

私がホテルに着いた時、川端はロビーで、作家の藤島泰輔と話をしていた。

私は藤島とも親しかったので、遠慮なく「先生、お久しぶりです。宮崎の渡辺です」と、近づいた。

川端はうつろな表情で私を見つめて、「存じませんね」と答えた。私は、自分の顔が青ざめ、ひきつるのが分かった。体がぶるぶるとふるえた。

藤島が「先生、渡辺さんです。宮崎交通の渡辺さんですよ。企画宣伝課長さんです」と大声で言った。

川端はやっと気がついて、「あの時には、本当にお世話になりました。岩切章太郎さんはお元気ですか」と、冷たい手で私の手をにぎりしめた。

私は思わず泣いた。川端は、私の顔を不思議そうな表情で見つめた。

川端が亡くなって、数日後。私は鎌倉の川端邸を訪れて、秀子夫人を弔問した。

秀子夫人は、「渡辺さん、私は川端が何故死んだのか、どうしても分からないのです」と声をつまらせた。

私は、「先生は、眠りたかったのだと思います。ただただ、ぐっすりと眠りたかった。それだけではないでしょうか」と答えた。
そして、「自殺では、絶対にありません。」と、小さくつぶやいた。
秀子夫人の目に涙が光った。

【執筆者プロフィール】

伊野啓三郎　一九二九年、旧朝鮮仁川府生。広告会社役員を経て、MRTラジオ「アンクルマイクのビューティフルモーニング」パーソナリティとして活躍中。日本エッセイストクラブ会員。

岩田　英男　一九五二年生。高等学校地理歴史科・公民科教諭、宮崎県教育委員会主事・主査、教頭、校長として高校教育及び教育行政に携わる。現在、学校講師。

興梠マリア　アメリカ出身。英語講師・異文化紹介コーディネーター。俳句結社「流域」所属。「宮崎県文化年鑑」編集委員。日本ペンクラブ会員。

須河　信子　一九五三年、富山県井波町（現南砺市）生。一九七〇年より宮崎市に在住。大阪文学学校にて小野十三郎・福中都生子に現代詩を師事。

鈴木　直　一九七三年、福岡県小倉生。明治大学卒業。サッカー一筋二十年、体育会系から文化会系へ華麗なる（?）転身を遂げる。現在では自転車や読書、茶の湯、座禅を嗜む。

鈴木　康之　一九三四年、宮崎市生。大宮高、京都大（法）卒。一九五八年旭化成㈱入社、退職後、帰郷。現代俳句協会員、「海原」「流域」同人。著書に『デモ・シカ俳句』『芋幹木刀』。

高木　眞弓　神戸市生。小学校より宮崎へ住む。一九七二年富島高等学校卒業。一九九六年から随筆投稿。二〇一七年第十六回毎日はがき随筆大賞受賞。

竹尾　康男　一九三三年生。耳鼻科開業医。信大医卒。東大大学院卒。二科会写真部会員。宮日美展無鑑査。写真集『視点・心点』（宮日出版文化賞受賞）。叙勲（瑞宝双光章）受章。

谷口　二郎　東京医科大学卒。産婦人科医。宮崎大学医学部看護学科臨床教授。一九八五年、宮崎市内で開業。一万人以上の赤ちゃんを取り上げる。『男がお産をする日』など著書多数。

戸田　淳子　一九八二年より俳句結社「雲母」「白露」で俳句を学ぶ。現在、日本エッセイストクラブ会員。毎日新聞「はがき随筆」選者。みやざきエッセイスト・クラブ事務局。

中武　寛　西都市在住・大検合格・中央大学（法）卒・西都市職員・医療福祉専門学校（非）講師・特養老人ホーム施設長・民事調停委員等・小説出版（文芸社）・市井の臣を自認。

中村　薫　男性。一九六五年生。スイートピー等花きの品種育成に従事。毎日新聞「はがき随筆」に度々投稿。ウッドベースを嗜む。博士（農学）。

中村　恵子　一九五四年生、小林市在住。川南町モーツァルト音楽祭事務担当。エッセイ集『ラジオ記念日』（二〇一四年）

中村　浩　一九三二年生。宮崎県新富町上新田出身。フェニックス国際観光㈱を二〇〇〇年に退任。著書にエッセイ集『風《かぜ》光る』（一九九二年）、『光《ひか》る海』（二〇〇二年）。

野田　一穂　鹿児島市出身。東京女子大学文理学部英米文学科卒業。読み聞かせボランティア情報交換研鑽会「まほうのつえ」・語りを楽しむ会「語りんぼ」代表。俳句結社「暖・河」会員。

福田　稔　熊本県球磨郡錦町生。帝塚山学院大学（大阪府）を経て、二〇〇二年より宮崎公立大学で教える。専門は英語学・理論言語学。みやざきエッセイスト・クラブ会長。

丸山　康幸　一九五二年、東京生。神奈川県茅ヶ崎市在住。愛読書は東海林さだお、アラン・シリトー、ロバート・キャパ、永井荷風、リチャード・ボード。

宮崎　良子　一九五九年、宮崎大宮高等学校卒業。同年㈱ＭＲＴ宮崎放送入社、一九九七年同社定年退職。「宮崎県文化年鑑」編集委員。「みやざき文学賞」運営委員。

森　和風　西都市出身・書作家。金子鷗亭に師事。一九六二年「森和風書道会」設立。半世紀にわたり国際文化交流に尽力。二〇〇〇年、第51回宮崎県文化賞受賞。日本ペンクラブ会員。

森本　雍子　旧満州国生。宮崎市役所、㈱宮交シティ勤務。現在、宮崎県芸術文化協会監事。みやざきエッセイスト・クラブ当初からの会員。日本エッセイストクラブ会員。

夢《ゆめ》　人《と》　（本名　大山博司）一九六三年、長崎市生。鹿児島大学大学院（医）卒業。脳神経・精神を専門に開業。本業、趣味とも好奇心旺盛な、マルチな万年青年を目指す。

横山真里奈　ＮＨＫ宮崎放送局キャスター。みやざきエッセイスト・クラブ初の平成生まれ会員。元会員の祖母、横山多恵子からのバトンを引き継ぎエッセイに初挑戦。

米岡　光子　宮崎市在住。短大・専門学校の非常勤講師（秘書実務）、接遇研修の講師を務める。MRTラジオ「フレッシュAM！　もぎたてラジオ」（毎週木曜日）マナー相談のコーナー担当。

渡辺　綱纜　宮崎交通に四十六年間勤務。退職後、宮崎産業経営大学経済学部教授。現在は客員教授。自由人になったが、名刺が必要になり作成した。「岩切イズム語り部《べ》」。

あとがき

宮崎　良子

みやざきエッセイスト・クラブ作品集24『フィナーレはこの花で』をお届けします。

今回は、三十三編の作品をお届けします。

鉱脈社の小崎美和様はじめ、皆々様のご協力とご支援を賜り、出版することができましたこと、心より感謝申し上げます。

新会員二名、寺田佳代さん、中村恵子さんを迎えました。皆様と共に、楽しく作品集を育てていきましょう。

表紙画と前扉は、宮崎県美術協会会長の二宮勝憲氏にお願いいたしました。「あざみ」の鮮やかな、格調高い色合いが、令和の幕開けにふさわしい表紙になりました。ありがとうございました。

令和はどんな時代になるのでしょうか。

凛として、清々しい時の流れが続くことを祈るばかりです。

フィナーレはこの花で

みやざきエッセイスト・クラブ 作品集24

印刷 二〇一九年十月二十五日
発行 二〇一九年十一月四日

編集・発行 みやざきエッセイスト・クラブ ©
事務局 宮崎市中村東二―五―二二 戸田方
TEL 〇九〇―八一〇九―六二五九

印刷・製本 有限会社 鉱 脈 社
宮崎市田代町二六三
TEL 〇九八五―二五―一七五八

作品集　バックナンバー

1	ノーネクタイ	一九九六年	一三四頁	八七四円
2	猫の味見	一九九七年	一八六頁	一二〇〇円
3	風の手枕	一九九八年	三二〇頁	一五〇〇円
4	赤トンボの微笑	一九九九年	一六二頁	一二〇〇円
5	案山子のコーラス	二〇〇〇年	一六四頁	一二〇〇円
6	風のシルエット	二〇〇一年	一四六頁	一二〇〇円
7	月夜のマント	二〇〇二年	一五四頁	一二〇〇円
8	時のうつし絵	二〇〇三年	一八六頁	一二〇〇円
9	夢のかたち	二〇〇四年	一八四頁	一二〇〇円
10	河童のくしゃみ	二〇〇五年	一八八頁	一二〇〇円
11	アンパンの唄	二〇〇六年	二〇八頁	一二〇〇円
12	クレオパトラの涙	二〇〇七年	一八四頁	一二〇〇円

みやざきエッセイスト・クラブ

13	カタツムリのおみまい	二〇〇八年	一七二頁	一二〇〇円
14	エッセイの神様	二〇〇九年	一五六頁	一二〇〇円
15	さよならは云わない	二〇一〇年	一五六頁	一二〇〇円
16	フェニックスよ永遠に	二〇一一年	一六四頁	一二〇〇円
17	雲の上の散歩	二〇一二年	一六〇頁	一二〇〇円
18	真夏の夜に見る夢は	二〇一三年	一七二頁	一二〇〇円
19	心のメモ帳	二〇一四年	一八八頁	一二〇〇円
20	夢のカケ・ラ	二〇一五年	二一六頁	一二〇〇円
21	ひなたの国	二〇一六年	一九六頁	一二〇〇円
22	見果てぬ夢	二〇一七年	一九二頁	一二〇〇円
23	魔術師の涙	二〇一八年	一九二頁	一二〇〇円
24	フィナーレはこの花で	二〇一九年	二〇二頁	一二〇〇円

（いずれも税別です）